브레인로트|**썩어가는 뇌**|의 시대,

우리는 어떻게 살 것인가

| 장희준 | 지음

브레인로트|**썩어가는 뇌**|의 시대,
우리는 어떻게 살 것인가

초판 인쇄일 2026년 2월 10일
초판 발행일 2026년 2월 10일

지은이 장희준
펴낸이 장문정
펴낸곳 도서출판 그림책
디자인 이정순 / 정해경
출판등록 제2010-000001
주소 경기도 수원시 영통구 이의동 웰빙타운로 70
연락처 TEL070-4105-8439(010)2676-9912
E-mail : khbang21@naver.com

브레인로트|썩어가는 뇌|의 시대, 우리는 어떻게 살 것인가

| 장희준 | 지음

책을 시작하며

우리가 삶 속에서 만나는 외부 세계라는 것은 언제나 다양한 형태로 우리에게 다가옵니다. 그것은 물질적인 것일 수도 있고, 때로는 물질 세계와 전혀 관계없는 것일 수도 있습니다. 우리는 주변을 둘러싸고 있는 수많은 환경과 함께 살아갈 수밖에 없는 존재입니다.

그 속에서 자신의 행복을 찾아가는 방법은 사람마다 다를 것입니다. 이 책에 담긴 글들은, 그 수많은 길 가운데서 감정의 흐름과 예술·문화, 그리고 사람과 사람 사이의 관계 속에서 스스로를 어떻게 지켜낼 것인가에 대한 여러 시각의 철학을 담고자 한 기록입니다.

언제나 한 권의 책을 세상에 내놓고 나면, 부족한 점이 많은 나 자신을 다시 마주하게 됩니다. 그래서 그 아쉬움은 곧 더 정진하여 조금이라도 나은 글을 쓰고자 새벽 불을 밝히게 하는 이유가 되기도 합니다.

우리는 모두가 세상과 만나고 있다고 생각하며 살아갑니다. 하지만 우리가 '세상'이라고 이름 붙여 부르는 것들은 사실 어떤 고정된 형태나 분명한 모양을 지니고 있지 않습니다. 각자의 해석에 따라 세상의 모습은 달라지고, 그 모양 또한 끊임없이 변합니다.

세상을 해석하는 방식은 사람마다 다를 수 있습니다. 그러나 그 해석이 자신을 고통으로 빠뜨리거나, 타인을 고통으로 몰아넣는 방향이라면, 그때는 스스로 세상을 바라보는 시각을 바꾸어 보는 것이 나와 타인을 위해서도 바람직하지 않을까 생각해 봅니다. 우리가 철학을 하는 이유, 그리고 조금 더 나은 시각으로 세상을 해석하기 위해 끊임없이 노력하는 이유는 결국 하나일 것입니다.

삶 속에서 자신에게도 이롭고, 타인에게도 이로운 길을 찾기 위함입니다. 제가 글쓰기를 멈추지 않는 한, 애독자 여러분과 함께 더 나은 세상의 해석 방식을 찾아가기 위해 끊임없이 노력할 것을 약속드립니다.

언제나 건강하시고, 몸과 마음이 평안하시기를 소망합니다.

2026년 금정산 자락에서
철학 수필 작가
장희준 올림

차례

브레인로트|**썩어가는 뇌**|의 시대,

우리는 어떻게 살 것인가

브레인로트 | **썩어가는 뇌** | 의 시대,

우리는 어떻게 살 것인가

숨결이 바람 될 때

인생에는 영원한 물음들이 존재한다. 나는 누구인가? 어떻게 살 것인가? 어디로 가는가? 그리고 어떻게 죽을 것인가? 그중에서도 '어떻게 살 것인가(How to live)'를 이번 『삶의 지혜』 다음으로 발간할 책의 첫 화두로 삼았다. 이 주제는 모든 인류가 풀지 못한 영원한 숙제이며, 이 글을 통해 함께 고민하고 배워가는 시간이 되기를 바란다.

어느 날 몸 상태가 이상해 병원을 찾았는데, 의사로부터 "폐암 말기입니다. 전이가 시작됐고, 남은 시간은 1년이 채 되지 않습니다"라는 시한부 선고를 받는 상황을 가정해 보자. 만약 당신이 이런 진단서를 받았다면 어떨까? 당신의 삶은 그날 이후 어떻게 달라질 것인가? 죽음의 날짜가 확정된 채 살아간다면, 그럼에도 불구하고 지금처럼 하루를 아무 변화 없이 그대로 살고 싶은가? 사실 세상은 당신의 죽음에 그리 깊은 관심을 두지 않는다. 당신 또한 일주일에 한두 번쯤 날아오는 부고(訃告)나 뉴스 속 사고 소식을 보고 그저 조의금이나 보내야 할까 정도로 생각하지 않는가? 우리는 모두 언젠가 죽는다는 사실을 알지만, 그것이 언제인지 모른다는 이유로 삶을 깊이 성찰할 기회를 스스로 놓쳐버린다.

우리나라 사망 원인 중 압도적인 비중은 여전히 암이다. 그러나 역설적으로 암은 죽음을 사유할 시간을 허락하는 병이다. 심장마비나 급성 질환처럼 예고 없이 찾아오는 죽음과 달리, 암은 우리에게 죽음과 대화할 시간을 준다. 최근 읽은 책 『숨결이 바람 될 때(When Breath Becomes Air)』는 외과의사 폴 칼라니티가 폐암 말기 진단 후 2년간 삶과 죽음의 경계에서 써 내려간 기록이다. 그는 36세의 나이로 세상을 떠났고, 그의 마지막을 8개월 된 딸과 아내가 지켜보았다. 만약 당신에게도 그런 유한한 시간이 주어진다면, 죽음까지의 여정을 글로 남길 수 있겠는가? 우리는 모두 유한(有限)한 생을 살고 있다. 다만 그것이 아직 확정되지 않았을 뿐이다.

'어떻게 살 것인가'를 진지하게 탐구하려면 '어떻게 죽을 것인가'를 함께 물을 수밖에 없다. 삶과 죽음은 분리될 수도, 대립할 수도 없는 하나의 흐름이다. 죽음을 깊이 명상하는 사람은 살아 있는 매 순간을 온전히, 남김없이 살아간다. 그는 매일 새롭게 태어난다. 그러나 많은 사람은 죽음을 떠올리는 것조차 부정적으로 여겨 언제나 준비되지 않은 채 죽음을 맞는다. 필자의 어머니도 오랜 치매 끝에 세상을 떠나셨지만, 그 마지막 순간에 어머니가 스스로의 죽음을 예감했는지는 아무도 모른다. 대부분의 사람은 죽음 앞에서 자신의 운명을 인정하지 못하고, 실낱같은 희망을 붙들고 "아직은 아닐 거야"라며 두려움과 공포 속에 시간을 흘려보내다 결국 체념과 포기로 죽음의 문턱에 다다른다.

세상에서 오직 한 사람만이 수행해야 할 일이 있다면, 그것은 자신의 죽음이다. 천하의 부(富)와 권력을 지닌 자라도 이 일만큼은 결코 타인에게 양도(讓渡)할 수 없다. 죽음은 지극히 개인적이며 고독한 사건이다. 이 진실을 이해하는 사람만이 살아 있는 동안 죽음을 사유하고, 그로써 삶을 더욱 충만하게 채울 수 있다. 죽음을 두려움이 아닌 성찰의 거울로 삼을 때, 우리는 비로소 살아 있는 지금을 온전히 느낄 수 있다.

삶과 죽음은 서로의 그림자다. 정오의 햇살이 아름다운 것은 자정의 어둠이 있기 때문이다. 삶이 깊어지는 이유는 그 속에 죽음이 함께 숨 쉬기 때문이다. 온 우주 만물이 생성과 소멸을 반복하듯, 인간만이 그 법칙에서 벗어나려 하는 것은 얼마나 오만한가. 노화는 극복의 대상일 수 있지만, 죽음은 피할 수 없는 필연의 이치다. 아무리 과학이 발전하더라도 생성과 소멸의 순환(循環)에서 벗어날 수는 없다. 삶과 죽음은 함께 걷는 Twin Companions(쌍둥이 형제)다. 우리가 하루를 살아간다는 것은, 죽음의 입장에서 보면 하루를 죽어가는 일이다. 그렇다면 오늘 당신은 어떻게 하루를 죽을 것인가? 내일의 삶은 내일 생각해도 늦지 않다. 중요한 것은 바로 오늘의 죽음, 그리고 오늘의 삶이다.

죽음을 만나러

생명의 탄생은 우연이라는 옷을 입고, 필연이라는 우산을 들고, 운명이라는 공원에서 만난 두 사람의 유희 끝에 세상과 마주하게 된 사건이다. 나도 그렇고 당신도 그렇고, 우리 모두가 그렇게 한밤중 흐드러지게 놀고 난 다음 세상과 만나게 되었다. 그것은 우연의 옷을 입고 필연의 우산을 쓴 채, 아무것도 없는 것에서 무언가 있는 것으로 생명이 싹트며 삶이 시작된 순간이었다. 누구의 강요도, 협박도 없이 우리는 그렇게 세상과 만났다. 그리고 길어야 백여 년쯤 되는 세상 굿판에서 신명 나게 놀고 나니, 이제 우연의 옷을 벗고 필연의 우산을 내려놓으며 원래 있던 자리로 돌아갈 시간이 되었을 뿐이다. 그것이 바로 죽음이다. 온 자리와 간 자리가 다르지 않음에도 온 자리만 좋아하고 돌아갈 자리는 싫어하니, 죽음이 삶과 하나라는 사실을 우리는 오래전부터 망각(忘却)해 버렸다.

탄생과 소멸은 둘이 아니라 하나다. 만약 이 사실이 자기 자신에게 올곧이 받아들여진다면, '어떻게 살 것인가'라는 물음에 조금 더 진전된 답을 찾을 길이 열리지 않을까. 어쩌면 우리가 삶을 어렵고 힘들게 느끼는 것은 삶을 삶으로만 바라보기 때문인지도 모른다. 삶이 삶과만 함께 있을 때는 길이 보이지 않지만, 삶이 죽음과 함께 있을 때 비로소 삶의 길이 보인다. 왜냐하면 삶과 죽음은 둘이 아니며, 삶의 저쪽 끝에서 나를 기다리고 있는 또 하나의 삶의 Companion(동반자)이기 때문이다. 지금 당신이 살고 있는 삶이 힘겹게 느껴진다면, 그 삶에서 잠시 벗어나 자신의 죽음을 깊이 명상해 보기 바란다. 그러면 오히려 더 쉽게 살아갈 길이 보일지도 모른다. 찾으려 해도 찾을 수 없던 것들이 마음을 잠시 내려놓을 때 비로소 눈앞에 나타나듯이, 삶이 당신을 짓누르고 있다고 느껴진다면 지금껏 해왔던 방식이 아닌 또 다른 방식으로 자신을 돌아볼 필요가 있다.

우리는 죽음을 만나기 직전까지는 살아야 한다. 죽음은 찰나에 찾아오는 것이지만, 그 찰나의 죽음이 삶 전체를 관통하고 있다는 것을 삶 속에서 발견해야 한다. 그때 비로소 삶은 당신을 괴롭히거나 힘들게 하지 않을 것이다. 니체의 Will to Power(힘에의 의지)에 따르면, 세상 만물은 모두 자신의 힘에의 의지로 탄생하고 성장하며 생멸과 생성의 과정을 끊임없이 반복한다. 삶은 삶대로, 죽음은 죽음대로 서로의 힘을 확장해 나가고 있다. 우리는 사는 동안 삶의 힘이 확장되는 것을 확인하며 살아가지만, 죽음 또한 죽음의 힘을 끊임없이 확장하고 있다. 삶이란 탄생과 소멸 사이에 놓인 밧줄 위에서 춤추는 광대와 같다. 그렇기에 죽음은 고결할 것도, 특별할 것도 없다. 생명의 순환(循環) 법칙 속에서 일어나는 하나의 현상일 뿐이다.

이렇게 잘 정리를 해두었음에도 막상 죽음이라는 친구와 마주하기가 어려운 이유는, 수많은 선지자와 철학자들이 '어떻게 살 것인가'에 대한 가르침은 많이 남겼으나 '어떻게 죽을 것인가'를 가르치고 간 이는 부족했기 때문이다. 그래서 우리는 언제나 모든 초점을 삶에만 맞추고 있다. 이제 우리는 '어떻게 살 것인가'를 풀어낼 수 있는 유일한 길로 '어떻게 죽을 것인가'에 대해 더 깊은 사색(思索)을 해야 한다. 이 두 길은 따로 갈라진 길이 아니라 한 길이기 때문이다. '어떻게 살 것인가'의 길과 '어떻게 죽을 것인가'의 길은 왕복 도로가 아니라 편도 도로처럼 같은 목적지를 향해 달리고 있다는 사실을 잊지 말아야 한다. 그때서야 비로소 문제의 핵심이 보일지 모른다.

한때 유행했던 유언장 미리 쓰기나 관 속에 누워보는 체험들은 그저 일회성인 간접 경험일 뿐이다. 진정으로 삶을 바꾸고 싶다면 스스로 '미래의 죽을 날짜'를 정해 놓고, 오늘부터 그날까지 '죽음 일기장'을 써보라. 만약 당신이 정한 최종 목적지까지 20년이 남았다면 D-7300일에서 출발해 보라. 그리고 그 숫자가 0이 되는 날 당신이 죽음과 만나야 한다면, 그 마지막 날의 일기장에 어떤 하루를 쓰고 싶은가? 모든 사람은 유한(有限)한 삶을 산다. 하지만 우리는 살면서 자신의 유한성을 자주 잊는다. 그것은 죽음이 삶과 함께 동행하고 있다는 사실을 망각하기 때문이다. 그 사실을 잠시라도 붙들어 둘 수 있다면, '어떻게 살 것인가'라는 질문에 대한 답을 훨씬 더 쉽게 찾을 수 있을 것이다.

선택할 수 없는 것

누구나 자신이 맞이할 죽음에 대해, 자신이 알고 있는 모든 방식 가운데 가장 덜 고통스럽고 힘들지 않은 죽음을 희망한다. 그러나 과연 덜 고통스러운 죽음이 곧 '잘 죽는 것'일까? 그것은 어디까지나 살아 있는 자의 관점에서 바라본 죽음일 뿐이다. 흔히 심한 통증을 동반한 질병으로 오래 고생하다 맞는 죽음을 고통스럽다고 하고, 심장마비나 사고사처럼 찰나의 순간에 이루어지는 죽음을 소위 '행복한 죽음'이라 부른다.

하지만 잠시 되돌아보자. 우리가 살아오며 가장 행복하다고 느낀 때는 언제였던가. 단순히 고통이 없던 시절이었는가, 아니면 고통스러운 삶을 있는 그대로 받아들이고 긍정하며 세상의 어떤 아픔도 나를 불행하게 만들 수 없다고 마음먹고 자신에게 밀려드는 모든 삶을 사랑하던 순간이었는가.

죽음이 고통스럽다고 느끼는 또 하나의 이유는 살아 있는 동안 '사후세계'를 강하게 믿어온 이들의 심리에 있다. 혹시라도 죽고 난 뒤 자신이 바라고 믿었던 세계로 가지 못할까 두려워하는 마음이 있다면, 그에게 죽음은 결코 평온할 수 없다.

살아 있는 동안에도 이룰 수 없는 헛된 희망과 상상으로 자신을 만족시키지 못한 불만이, 죽은 뒤의 세계에서라도 새로운 삶을 얻으리라는 환상을 만들어낸다. 그 환상은 결국 지금 살아 있는 이 생을 부정하게 만든다. 어쩌면 우리는 지금 이 삶을 제대로 살아내지 못한 데 대한 복수를 사후세계라는 Imagination(상상)에 덧씌우려 하고 있는지도 모른다.

그러나 사람은 어떤 경우든 지금 이 삶을 살다 갈 뿐이다. 내세가 있다고 믿든 없다고 믿든, 우리는 현재의 삶 외에 다른 삶을 직접 마주할 수 없다. 그러므로 지금의 삶을 저버리고 헛되이 다른 삶을 희망하는 망령(亡靈)을 떨쳐내야 한다. 그것만이 현재의 삶을 가장 아름답고 충실하게 살아가는 길이다. 이는 종교적 가치나 이데올로기, 혹은 돈을 최고의 가치로 삼고 살아가는 사람들 모두에게 해당한다. 우리는 살아가면서 얼마나 자주 '이것만이 참된 가치'라 맹신해 왔던가. 하지만 죽음이 목전에 이르렀을 때도 그 가치를 놓을 수 없다면, 과연 그것이 죽음 앞에서도 주장할 만큼 절대적인 것이었는지 스스로 물어야 한다.

어떤 가치를 참되다고 정의하는 행위는 필연적으로 거짓된 가치가 존재함을 인정하는 일이기도 하다. 참된 가치의 세계란 대개 거짓된 가치를 버렸을 때만 도달할 수 있다고 여겨지기 때문이다. 결국 두 세계는 공존하며, 당신은 그중 하나를 선택해 자신의 Identity(정체성)라고 부르고 있을 뿐이다. 미래나 사후세계를 참된 세계로 긍정할 수 있으려면, 역설적으로 그 모든 세계를 '거짓된 세계'로 바라볼 수 있는 안목이 있어야 한다. 그럴 때에만 우리는 지금 여기, 이 현실 세계의 삶을 오롯이 살아갈 수 있다.

'어떻게 살 것인가'라는 문제는 Hic et Nunc(지금 여기), 즉 이 시간과 이 공간에서 해결해야 할 당면(當面) 과제다. 지금 이 자리를 떠나 저기 다른 세계나

오지 않은 먼 미래의 세상에서 살아갈 방도를 논하는 것이 아니다. 당신은 바로 지금 이 자리에서 어떻게 살 것인가를 묻고, 그 물음에 정직하게 답해야 한다. 그것이 우리 생에 가장 절실하고 필요한 일이다.

거짓말의 두 얼굴

사피엔스가 거짓말을 하지 못했다면 지구상의 최상위 포식자로 살아남지 못했을 것이다. 다른 말로 하자면, 인간은 거짓말로 창조된 종이라 해도 과언이 아니다. 거짓말을 전혀 하지 않는 사람은 정신적 장애를 겪고 있는 경우가 아니라면 거의 없다. 통계에 따르면 사람은 평균 하루에 열 번 정도의 거짓말을 하고, 많게는 이백 번 넘게 하기도 한다. 심지어 자신이 거짓말을 했다는 사실조차 인지하지 못한 채 무의식(無意識)적으로 내뱉는 거짓 또한 셀 수 없이 많다. 법원의 송사 사건들은 마치 거짓과 참의 기준으로 형량이 정해지는 것처럼 보이지만, 실은 거짓의 여부보다 그 거짓이 일으킨 파급효과로 인해 누구에게 피해가 있었는지가 판결의 핵심 기준이 되는 경우가 더 많다.

그렇다면 우리는 거짓말을 어떻게 이해하며 살 것인가. 어떤 거짓말은 하고, 어떤 것은 하지 않아야 하는가. 타인의 거짓에 대해서는 무엇을 믿어주고 무엇을 단호히 끊어내야 하는가. 때로는 참말일지라도 그 사실을 덮고 거짓을 말해야 수많은 사람이 행복할 수 있다면, 우리는 그때 어떤 선택을 해야 하는가. 거짓말은 삶에서 기준을 정하기 가장 어려운 문제 중 하나다. 때로는 참말이 거짓보다 더 독이 될 때가 있으며, 많은 인간관계의 마찰은 사실 거짓이 아니라 날카로운 참말 때문에 발생하곤 한다. 참을 말하는 것이 늘 지혜로운 선택은 아니라는 사실을 경험해 본 사람이라면, 어떻게 세상을 살아갈 것인가에 대해 다시 한번 깊이 고민하게 된다.

우리가 생산해내는 언어는 참과 거짓으로 명확히 구분하기 어려운 경우가 대부분이다. 당사자조차 자신의 말이 참인지 거짓인지 모른 채 무심코 던지는 말들이 일상의 언어 대부분을 이루고 있다. 따라서 우리는 '거짓말'을 어떻게 사용하며 살아갈 것인가에 대해 나름의 원칙을 정리해 둘 필요가 있다. 그렇지 않으면 자가당착(自家撞着)에 빠질 수밖에 없기 때문이다. 자신이 한 거짓말은 '하얀 거짓말'이라 부르고 타인의 것은 '새빨간 거짓말'이라 비난하는 태도에서 벗어나려면, 가장 먼저 자신의 말이 사실인지 아닌지를 스스로 구분할 수 있는 능력이 필요하다.

그러나 그것이 결코 쉬운 일은 아니다. 모든 사람은 자신의 입장에서 세상을 바라보고 그 관점에서 해석된 말을 사실이라고 착각하기 때문이다. 진정한 사실이란 대상을 바라보는 방식과 판단 기준에서 완전히 벗어나 순수하게 객관적으로 보는 것인데, 이는 인간에게 거의 불가능에 가깝다. 세상을 판단하는 우리의 사고방식 자체가 Subjectivity(주관성)를 중심으로 진화해 왔기 때문이다. 많은 이들이 편견을 버려야 진실이 보인다고 말하지만, 실제로는 누구나 자기중심적 관점에서 세상을 바라본다. 따라서 내가 생각하는 '사실' 또한 내 주관이 개입된 결정임을 부정할 수 없다.

그러므로 거짓말을 대하는 태도에는 조금 더 Flexibility(유연함)가 필요하다. 내가 참이라고 믿는 말이 실제로는 거짓일 수도 있다는 가능성을 닫아버려서는 안 된다. 반대로 타인의 말이 명백한 거짓처럼 들려도 그 안에 참의 요소가 있을 수 있다는 점을 배제해서는 안 된다. 오랜 시간이 흐른 뒤 재심을 통해 무죄가 선고되는 사건들은, 당시 수사관이나 판사들이 피의자의 말을 '죄를 회피하기 위한 거짓말'이라는 전제로만 해석했기 때문에 발생한다. 이렇듯 타인의 언어를 구분하는 것은 간단치 않다. 오해는 참과 거짓의 구분보다 상대의 언어를 내가 어떻게 Interpretation(해석)했느냐에서 생긴다. 만약 잘못 해석했다면 그것은 상대의 잘못이 아니라 나의 역량 부족임을 명심해야 한다.

거짓말에 대하여, 특히 내가 타인에게 한 말에 대해서는 나 자신이 가장 잘 알고 있다. 그 말이 참인지 거짓인지 스스로 모른 척할 뿐, 가장 명확히 알고 있는 주체는 자기 자신이다. 그러므로 적어도 내가 확실히 거짓을 말하고 있다는 것을 인지하는 순간만큼은 사실대로 말하려는 연습을 해야 한다. 상황을 자신에게 유리하게 꾸며내는 습관 대신 자신의 잘못을 솔직히 인정하는 습관을 길러야 한다. 자신이 한 행동이 거짓이었음을 가장 먼저 알고 있는 사람이 자기 자신일 때, 비로소 그는 진정으로 솔직해질 수 있다. 이러한 성찰(省察)의 자세야말로 '어떻게 살 것인가'라는 물음 앞에 우리가 가져야 할 지혜로운 태도일 것이다.

사람 구분하기

현실의 삶을 살아가다 보면 유독 거짓말을 많이 하는 사람이 인연이 되어 자신의 삶의 울타리 안으로 들어오는 경우가 있다. 그것이 밖에서 스쳐 지나가는 인연이라면 멀리하거나 관계를 끊어버릴 수도 있다. 그러나 직장, 종교 단체, 동아리 등 여러 사람이 함께 활동하는 조직에서 그런 사람을 만난다면 그를 이유로 내가 그 조직을 떠날 수는 없는 노릇이다. 그렇다면 그 사람과의 관계를 어떻게 설정할 것인가에 대해 난감할 때가 많다. '어떻게 살 것인가'를 고민하다 보면 이런 부류의 사람은 반드시 한두 명씩 나타나게 마련이다.

거짓말하는 사람에게 면전에서 증거를 들이대며 신뢰할 수 없다고 직설적으로 말해 관계를 끊어내는 방법도 있을 것이다. 그러나 그 관계를 완전히 끊을 수 없는 상황이라면 그 후유증은 오래도록 Inconvenience(불편함)를 남긴다. 대개 그런 이들이 하는 거짓말은 자신의 과거, 현재의 행동, 지적 능력이나 경제력 등을 부풀리는 경우가 많다. 이는 자신의 자존감(自尊感)을 높이기 위해 허구의 서사를 만들어내는 것인데, 그렇다고 해서 면전에서 그를 면박 주며 지적할 필요는 없다. 그 거짓말이 주변에 극심한 정신적·물질적 피해를 주지 않는다면, 거짓인 줄 알면서도 가볍게 장단을 맞춰 주고 이야기를 흘려듣는 편이 오히려 효과적일 때가 있다.

만약 그 사람을 변화시키고 싶은 진심이 있다면, 대화할 때마다 나는 사실 그 대로의 말을 하고 언제나 진실한 태도로 살아가는 모습을 일관되게 보여주는 것이 좋다. 시간이 지나면 그는 "저렇게 사는 것이 더 편안하고 품위 있는 삶이구나"라는 마음을 품게 될 수도 있다. 한 사람의 인생을 조금이라도 변화시키는 영향력은 그 자체로 매우 의미 있는 일이다. 그러나 이런 변화는 단기간에 이뤄지지 않는다. 습관은 제2의 천성이다. 거짓말에는 마약 같은 쾌감이 있어 그 순간의 짜릿함을 쉽게 끊어내기 어렵기 때문이다. 오늘날 우리 사회에 거짓을 양산하는 유튜버나 SNS를 통해 Fanaticism(맹신)의 집단이 생겨나는 이유 역시 그 '쾌감' 때문이다. 그들은 거짓을 믿고 싶어서가 아니라, 거짓임을 알면서도 맹목적으로 지지하는 과정에서 집단적 유대와 쾌감을 얻는다. 우리는 그런 이들과 공존하는 시대를 살고 있다.

그래서 때로는 선의의 거짓말 한마디가 수많은 사람을 살리기도 하고, 악의의 거짓말 한마디가 타인을 고통의 나락으로 떨어뜨리기도 한다. 둘 다 거짓말인데, 어떤 것은 사람을 살리고 어떤 것은 죽이는가? 누구나 타인의 흉허물을 덮어주기 위한 아름다운 거짓말을 해본 경험이 있을 것이다. 과거의 실수를 딛고 개과천선(改過遷善)하여 새롭게 살아가는 사람의 어두운 과거를 굳이 들추지 않고 덮어주는 것, 그것이 오히려 진정한 의미에서 '거짓말을 지혜롭게 사용하는 삶'이 아닐까.

거짓말하는 입과 참말을 하는 입이 따로 있는 것이 아니다. 하나의 입에서 두 가지가 모두 나온다. 입은 단순히 재료를 넣으면 결과물이 나오는 기계가 아니다. 어떤 말을 내뱉을지는 그 말의 재료를 선택하는 당신의 마음과 영혼에 달려 있다. '어떻게 살 것인가'라는 큰 주제 속에서 우리는 결국 잘 살기 위해 지혜롭게 건너야 하는 '거짓말의 다리'를 어떻게 지나갈 것인가를 고민해야 한

다. 그에 대한 깊은 성찰과 사유(思惟)가 우리 삶을 더욱 단단하게 만들어줄
것이다.

바른 생활

'어떻게 살 것인가?'라는 질문 앞에서 사람들이 가장 중요한 기준으로 삼는 것이 바로 도덕이다. 만약 도덕에 대한 기준이나 정석이 이미 확립되어 있다면, 사람들은 매 순간 도덕적 판단으로 고민할 필요 없이 정해진 패턴대로 살아갈 수 있을 것이다. 그러나 현실은 그렇지 않다. 우리는 유아기에는 '바른 생활'을 배우고, 청소년기에는 도덕과 윤리를 따로 공부하며, 성인이 된 후에도 '어떻게 사는 것이 도덕적인 삶인가'라는 문제를 평생 붙들고 살아간다. 그러나 지나온 삶을 돌아보면 하늘을 우러러 한 점 부끄러움 없는 결백(潔白)한 삶을 살기란 참으로 어렵다.

사피엔스가 인지혁명 이후 집단생활을 시작하고 국가라는 테두리 안에서 Social Animal(사회적 동물)로 살아오기 시작한 이래, 수많은 고대 철학자에서 현대 사상가에 이르기까지 가장 끊임없이 다루어온 주제가 있다면 그것은 바로 도덕이다. 그런데 이렇게도 오래 연구하고 토론했음에도 왜 우리는 아직도 도덕이라는 하나의 명제를 해결하지 못할까? 어쩌면 처음부터 잘못된 게임을 하고 있는 것인지도 모른다. 도덕이란 '이것이 도덕이다'라고 규정 지을 수 있는 고정된 실체가 아니기 때문이다. 학문적 규정이나 사색을 통해 그 실체를 완전히 파악하는 것은 불가능에 가깝다.

사람들은 저마다의 도덕적 기준을 세우고 스스로 도덕적으로 살고 있다고 믿으며 살아간다. 그러나 막상 현실을 보면 비도덕적이고 비윤리적인 사람이 득세하는 세상처럼 보이고, 스스로만 도덕적인 척 고립되어 있다고 느끼기도 한다. 문제는 여기서 시작된다. 도덕은 고정된 실체가 아니라 상황에 따라 생성되고 소멸하는 살아 있는 생명과도 같다. 즉, 시시때때로 변한다. 따라서 자신이 만들어놓은 Dogma(도그마)가 오히려 자신을 옭아매고 있다는 사실을 먼저 자각해야 한다.

예를 들어, 기독교 신자인 부모가 자녀를 목회자로 키우겠다는 서원(誓願)을 세우고 정성껏 교육했다고 하자. 그런데 그렇게 길러진 자녀가 성인이 되어 타종교에 귀의해 세계적으로 이름을 떨치는 고승이 되었다면, 이 스님은 기독교적 기준에서 볼 때 불효자이며 지탄받아야 마땅한가? 이처럼 도덕의 기준을 절대적 잣대로 사용한다면, 도대체 이 세상에서 도덕적 기준에 적합한 삶을 살 수 있는 사람이 몇이나 되겠는가? 심지어 사람을 죽이는 일에조차 도덕적 의미가 붙을 수 있다. 수많은 사람을 향해 총기 난사를 벌이는 범죄자를 차량으로 막아 세워 범인을 사망하게 했다면, 그 사람을 과실치사로 처벌하는 것이 과연 옳은 일인가?

도덕이란 살아 있는 생명과 같다. 그렇기에 어떤 행위에 대해 이분법적으로 단정 짓는 일은 매우 위험하다. 도덕 판단이란 결국 각자의 주관적 '옳고 그름'에 기반한 결정이기 때문이다. 노자의 『도덕경』에서 道可道 非常道(도가도 비상도)라고 한 말은, 도덕을 도덕이라 말할 수 있는 순간 그것은 이미 도덕이 아니라는 뜻으로도 읽을 수 있다. 도덕은 규정되는 순간 그 본래의 생명력을 잃는다. 도덕은 실체가 없으며, 없음 속에서 태어났다가 사라지기를 반복한다. 또한 도덕은 대상 없이 존재하지 않으며 특정한 상황, 관계, 사물에 대한 의지와 행동의 흐름 속에서 생겨난다.

따라서 도덕을 억지로 규정해 가두는 사람보다는 도덕을 해방해두고 자유롭게 마주할 준비가 되어 있는 사람이 오히려 언제나 도덕적 삶을 살 수 있다. 그러므로 말한다. 도덕을 가두지 말라. 도덕을 규정하지 말라. 도덕을 붙잡지 말라. 도덕은 Freedom(자유)을 얻을 때 비로소 당신의 삶을 비추는 가장 깊은 거울이 된다.

기억속의 부조리

도덕적인 삶으로 가는 첫 단추는 과거의 삶 속에서 자신이 저지른 不道德(부도덕)함을 먼저 깨닫는 데서 시작된다. 그것이 출발점이다. 많은 사람은 자신의 부도덕한 행위조차 스스로 당위성을 부여하며 Justification(정당화)하고, 그 부도덕함을 인정하지 않을수록 자신의 권위와 Self-esteem(자존감)이 지켜질 것이라고 착각한다. 그러나 孔子(공자)는 말했다. "하늘도 속이고, 땅도 속이고, 귀신도 속일 수 있으나, 귀신을 속였다는 그 사실을 자신은 속일 수 없다." 만약 스스로의 삶에 단 한 점의 부끄러움도 없다면, 그 사람은 이미 인간계를 떠나 우주의 영역, 신의 세계에 들어선 사람일 것이다.

우리는 우리 자신의 부도덕함과 Absurdity(부조리)에 대해 지나치게 관대하다. 항상 밖을 향해 타인의 부도덕함과 사회적 부조리에 분노하며 그것을 고치려 애쓰는 행위를 정의롭고 도덕적이라고 착각하지만, 그것이 곧 내면의 도덕적 에너지와 연결되는 것은 아니다. 오히려 타인의 도덕을 평가하고 부도덕한 사람을 비난하며 그들의 행위에 비분강개하는 동안, 정작 우리는 자기 안에 있는 부도덕함과 부조리를 살펴볼 시간을 잃고 있는지도 모른다. 그 순간, 도덕으로 향하는 길은 이미 막혀버린다.

동양 사상에서 모든 도덕적 에너지의 Positive function(순작용)을 良心(양심)

이라 불렀다. 양심은 법 이전의 것이며, 도덕 이전의 것이다. 사피엔스가 인지혁명을 일으킨 이후 행위의 의지가 진화하면서 우리 내면 깊숙이 저장되고 숙성된 정신적 울림이다. 양심은 "무엇이 도덕인가"를 규정하는 기준이 아니라, 행위가 일어난 뒤 내면에서 울리는 미세한 떨림, 곧 거울의 진동이다.

톨스토이의 글이 『Confession(참회록)』 이전과 이후로 완전히 달라진 것은 우연이 아니다. 그가 말한 '회개'나 불교에서 말하는 懺悔(참회)는 종교적 의식이 아니라, 스스로의 양심을 통해 자신이 걸어온 시간을 있는 그대로 비추어 보고 그 안에서 객관적인 시선으로 준엄한 反省(반성)을 해내는 작업이었다. 이런 사람은 앞으로의 삶에서 도덕적 혼란을 겪는 시간이 현저히 줄어든다. 왜냐하면 그는 타인에게 어떻게 보일지를 기준으로 삼지 않고, 혼자 있을 때 자신의 행동을 자기 마음의 거울에 비추어볼 수 있기 때문이다.

세상 누구와의 논쟁에서든 늘 논리적으로 이길 수 있는 사람이라 할지라도, 자기 자신과의 대화에서 스스로 인정하고자 하는 모습과 현실의 자신이 일치하지 않는다는 사실을 발견한다면 그 사람은 아직 도덕적 삶을 완성한 것이 아니다. 도덕적 삶은 누군가에게 보여주기 위해 꾸며내는 삶이 아니다. 지극히 평화롭고, 스쳐 지나가는 작은 것들조차 道理(도리)를 저버리지 않는 삶이다. 산책 중 만나게 되는 이름 모를 들꽃 하나에도 감사함이 일어나는 삶, 조용한 호흡 하나에서도 세상을 온전히 받아들이는 삶이다.

그러한 시간이 쌓여가는 것이 도덕에 가까워지는 길이다. 언제나 타인의 부조리와 부도덕함을 먼저 보는 사람이 아니라, 스스로를 거울처럼 비추어보는 사람이 되기를 진심으로 바란다.

도덕을 버릴 때 비로소 도덕이 보인다

도덕적인 삶을 가로막는 가장 큰 장애는 무엇일까? 그것은 스스로 만들고 스스로 갇혀버린 Prison of Morality(도덕의 감옥)이다. 도덕적인 삶이란 "이것이 도덕적인 삶이다"라고 인식하는 순간 도덕에서 멀어진다. 그것은 누구에게 평가받으려는 의도도 아니며, 스스로의 인식 작용이 만들어낸 거짓된 도덕을 착각하는 데서 비롯된다. 불변하는 도덕적 가치를 스스로 규정하는 순간, 그 가치를 기준으로 반대편의 '부도덕한 사람'을 생산해내게 되고, 바로 그 지점에서 또 다른 不條理(부조리)와 不道德(부도덕)이 태어난다.

도덕적 에너지는 살아 있는 생명 에너지다. 그렇기에 어떤 형태로 창조될지 그 누구도 豫斷(예단)할 수 없다. 하지만 많은 사람은 지나간 경험을 기준 삼아 미래에 펼쳐질 도덕적 기준을 미리 설정해 두고, 그 기준 그대로 자신을 가두어버린다. 법이 도덕의 최소 범주라면, 범죄란 도덕의 Category(범주)에서 벗어난 삶이다. 그러나 인간이 만든 憲法(헌법) 조항으로 처벌할 수 있는 범죄와 처벌할 수 없는 범죄가 있다. 우리는 헌법적으로 문제가 없는 행위에조차 과도하게 도덕적 잣대를 들이대곤 한다. 인간의 범죄란 헌법 조항의 유무와는 별개의 문제라는 사실을 잊어서는 안 된다.

얼마 전 모두가 아는 한 인물이 말한 "저는 사람에게 忠誠(충성)하지 않습니다”라는 발언이 회자된 적이 있다. 그런데 그분이 사람에게 충성하는지 여부와 상관없이, 한 사람을 지극히 사랑한 것이 결국 범죄가 되는 사례를 우리는 목격하고 있다. 사랑과 도덕 사이에서 진정한 도덕적 인간은 무엇인가라는 질문을 스스로에게 던져보아야 한다. 당신의 사랑은 지금 어디에 있는가? 그 사랑은 당신과 사랑을 받는 사람, 혹은 사람이 아닌 종교·Ideology(사상)·물질 등과의 Harmony(조화)를 이루어 세상을 조금이라도 더 밝고 아름답게 만들고 있는가? 그렇다면 당신의 도덕적 에너지는 바른 방향을 향하고 있을지도 모른다.

그러나 한 사람에 대한 무조건적 사랑은 언제든 부도덕의 극치가 될 수 있다. 하나의 종교나 사상에 대한 무조건적 사랑 역시 그 부도덕함으로 인해 수많은 사람을 고통 속으로 빠뜨릴 수 있다. 사랑하는 사람이 잘못된 요구와 욕망을 드러냈다면 단호하게 거절할 수 있어야 한다. 필자 역시 사랑했던 사람의 잘못된 욕망을 바로잡지 못한 탓에 피눈물 나는 사별의 고통을 겪었다. 그것은 묵시적 부조리와 부도덕의 공범이었고, 나의 어리석음이 관대한 도덕의 기준으로 스스로를 Rationalization(합리화)한 결과였지만, 그것은 결코 도덕적 正當化(정당화)가 될 수 없었다.

이처럼 길 없는 길을 걸어야 하는 도덕적 삶은 쉽고도 어려운 여정이다. 스스로 깨어 있는 Awakening(자각)이 없다면 그 길은 금세 어둠 속으로 사라진다. 외부 세계에서 실시간으로 밀려오는 수많은 현상 앞에서 우리는 배운 대로 머리를 굴려 도덕적 행동을 선택할 수 없다. 삶을 살아오며 우리는 이미 수없이 경험해 왔다. 그렇다면 역으로 묻자. 도덕적 삶을 살고 싶다면 도덕을 버려야 하는 것이 아닐까? 도덕적인 삶을 추구하겠다는 생각 자체를 놓아버릴 때, 그제야 비로소 길이 보이는 것은 아닐까? 인간을 제외한 우주 萬物(만물)은 다투지 않아도 도덕에서 어긋나는 법이 없다. 오직 인간만이 늘 도덕을 찾아 헤매면서도 도덕에서 벗어난다. 그 이유가 무엇인지 당신 스스로 깊이 물어보기를 바란다.

노예 도덕에서 벗어나 힘의 도덕으로

언제부터인가 우리 마음속 깊은 곳에는 "도덕은 선한 것이다"라는 고정관념이 자리 잡았다. 그러나 도덕 그 자체는 善惡(선악)의 속성을 지닌 것이 아니다. 스포츠 경기에서 약팀을 응원하거나, 사회적 담론에서 강자를 악인으로, 약자를 선인으로 규정하는 관념은 우리 내면에 은밀히 스며든 Slave Morality(노예 도덕)의 잔재이다. 강자는 부도덕하고 약자는 도덕적이라는 단순한 등식이 우리를 사로잡고 있다는 사실을 대부분의 사람은 깨닫지 못한다. 이것이 바로 Nietzsche(니체)가 경계했던 노예 도덕의 전형이다.

이스라엘 민족이 선한가, 로마 민족이 선한가? 이 질문 앞에서 많은 이는 자동으로 이스라엘은 선하고 로마는 악하다고 답한다. 그러나 이것은 전형적인 노예 도덕의 사고방식이다. 기원전 7~8세기 아시리아와 바빌로니아로부터 이어진 유대인의 길고 긴 被支配(피지배)의 역사 속에서 약자의 도덕이 형성되었고, 그 도덕은 억압받는 자와 가난한 자들이 세상과 사후 세계를 해석하는 또 다른 방식으로 자리 잡았다. 힘이 약해 국가 권력 앞에서 머리를 숙일 수밖에 없는 이들은 현실의 한계를 극복하기 위해 마음속에 Moral Superiority(도덕적 우월성)를 세웠다. 지배자는 악하고 피지배자인 자신은 선하다는 이분법적 구조를 만든 것이다. 그들은 이 논리를 확장하여 가진 자는 천국에 갈 수 없다는 종교적 世界觀(세계관)을 구축했다. 성경의 "부자가 천국에 들어가기란 낙

타가 바늘귀로 들어가는 것만큼 어렵다”는 구절 역시 그 연장선에 있다.

사랑하는 남녀가 헤어질 때조차 우리는 버림받은 사람이 선하고 버린 사람이 악하다고 여긴다. 이 과정에서 피해자의 분노는 정당화되고, 떠난 사람은 부도덕한 자로 낙인찍힌다. 이 역시 Pessimism(패배주의)에 기반한 노예 도덕의 일종이다. 진정한 도덕은 힘의 논리에 의해 지켜지는 것이지, 약함과 강함의 대비로 결정되지 않는다. 세상의 도덕은 강한 힘이 뒷받침될 때 비로소 유지될 수 있다. 힘이 없는 사람의 도덕은 고작해야 강자를 비방하는 수준에 머물며, 그들이 잘못되기를 바라고 자신은 ‘순수한 영혼’이기에 사후 세계에서 보상받을 것이라는 幻想(환상)을 품는 것에 불과하다.

이 얼마나 왜곡된 논리인가? 강하고 가진 자는 악하며, 약하고 무력한 자는 선하다는 믿음은 세상의 모든 지배 세력에 대한 분노를 正當化(정당화)하는 동시에, 기회만 되면 자신도 그 권력과 부를 쥐고 싶은 Desire(욕망)를 은폐한다. 그리고 그 욕망을 발견하는 순간조차 “나는 선하다”고 합리화하는 것이 바로 노예 도덕의 사슬이다. 지금 가진 것이 없고 힘이 약하다면, 그것은 단순히 물리적 약자임을 넘어 자신의 도덕을 수호할 힘이 없다는 뜻이다. 도덕은 오직 힘 위에서만 온전히 존재할 수 있기 때문이다.

그러므로 스스로 만들어놓은 도덕의 監獄(감옥)을 부수어야 한다. 사후 세계를 도망칠 피난처로 여기는 노예 도덕의 마지막 환상인 Sanctuary(피난처)로서의 천국 역시 깨뜨려야 한다. 세상 대부분의 도덕 秩序(질서)는 힘 있는 자와 강한 권력의 소유자들이 구축한 것이다. 그들이 천국에 가지 못할 것이라는 착각을 버려라. 만약 천국이 노예 도덕을 신봉하는 자들만의 공간이라면, 그곳은 이 세상에서 힘을 실현하지 못한 이들이 모인 또 하나의 피지배 세계일 뿐이기 때문이다. 도덕적인 삶을 살고 세상을 도덕적으로 창조하고 싶은가? 그렇다면 당신 스스로 강하고 굳세며 주체적인 支配者(지배자)가 되어라. 그 길만이 당신의 도덕에 날개를 달아줄 유일한 방법이다.

힘 없는 도덕, 공허한 도덕

도덕과 양심이라는 말을 자주 입에 올리며 그 잣대로 타인을 판단하는 사람들에게는 공통점이 있다. 그들은 스스로 만든 편협한 도덕의 기준으로 세상을 재단하고, 그 기준에 맞지 않는 이들을 부도덕하다고 규정한다. 그러나 그런 사람일수록 실제 삶에서는 그다지 성공적이지 않을 가능성이 크다. 왜냐하면 힘이 뒷받침되지 않는 도덕과 양심은 결국 허공에 흩어지는 메아리이기 때문이다. 사흘을 굶고 담을 넘지 않을 사람은 없다고 했다. 도덕과 양심보다 더 앞서는 것은 生存(생존) 보존의 욕구다. 그렇다면 사흘을 굶어 남의 담을 넘은 사람에게 "도덕적 가치란 무엇인가?"라고 묻는다면 무엇이라 답할까? 그에게 도덕적 가치란 바로 돈이며, 식량이며, 생존 그 자체일 것이다.

도덕은 때로는 돈으로 오고, 때로는 눈물로 오고, 때로는 피로 온다. 많은 사람이 폭력과 도덕은 반대 개념이라고 믿는다. 그래서 Non-violent Resistance(비폭력 저항) 운동의 상징인 마하트마 간디를 도덕군자로 떠올리기도 한다. 그러나 간디의 비폭력은 단순한 무폭력이 아니다. 그것은 "폭력으로 우리의 도덕을 지키고 싶지만, 현실적으로 그 폭력을 행사할 힘이 없기에 피를 흘릴 수 없다"는 Confession(자기 고백)에 가깝다. 그는 폭력을 쓸 의지는 있으나 그 힘이 부족하기 때문에 비폭력으로 요구조건을 관철하고자 했던 것이다. 3·1 만세운동 역시 같은 원리다. 만약 당시 지도자들이 "우리는 대항

할 힘이 없으니 무력하게 복종합시다"라고만 했다면 어떤 도덕도, 獨立(독립)도 쟁취할 수 없었을 것이다.

이처럼 도덕과 양심이 가진 것 없는 사람들의 전유물처럼 되어버린 이유는, 그들이 도덕이라는 이름을 이용해 자신과 힘 있는 자 사이의 Imbalance(불균형)를 메우려 하기 때문이다. 그러나 그것은 진정한 의미의 도덕이 될 수 없다. 국가나 제도, 법이 개입해 바로잡을 수 있는 도덕의 영역은 제한적이다. 만약 국가가 법을 동원하여 부의 재분배를 위해 강압적인 조세 정책으로 도덕 국가를 만들려 한다면, 그 또한 또 다른 형태의 도덕적 저항에 부딪히게 된다. 도덕적 국가란 모두의 삶을 평균적으로 비슷하게 만드는 국가가 아니기 때문이다. 만약 그런 방식이 가능했다면 共産主義(공산주의)는 실패하지 않았을 것이다. 그것은 머릿속에서만 가능한 이상 세계이지, 현실에서 구현 가능한 도덕 질서가 아니다.

도덕은 인간 내면의 慾望(욕망)의 평균값을 올리거나 내리는 것이 아니다. 도덕은 자신의 삶의 실체를 알아가는 과정에서 자연스럽게 드러나는 자기 에너지의 형태다. 찬란한 봄꽃의 계절, 수많은 꽃이 서로를 시기하지 않듯이 튤립은 목련을 부러워하지 않고 벚꽃은 철쭉을 질투하지 않는다. 각자의 색깔과 향기가 있기 때문이다. 이처럼 가장 도덕적인 사람은 자기의 향기로 세상을 밝히는 사람이다. 다른 사람의 아름다움을 부러워하지 않고 자기 내면의 힘으로 자기 도덕을 지키는 사람이다.

편협하고 고정된 도덕을 내려놓아라. 그리고 살아 숨 쉬는 도덕이 당신과 함께하기를 기원한다. 도덕이란 외워서 되는 것이 아니라, 힘과 자유의 Energy(에너지)로 살아낼 때 비로소 꽃처럼 피어난다.

욕망을 없애려는 욕망의 역설

유사 이래로 수많은 선지자(Prophets)들, 깨달은 부처, 하느님의 아들 예수, 그리고 헤아릴 수 없는 도전자들이 있었다. 그들은 감각과 욕망으로부터 자유로운 삶을 살기 위해 죽을힘을 다해 길을 찾았으나, 그 길은 아직 완전히 정복되지 않았다. 각 시대마다 '세계 챔피언급'이라고 불리는 수행자들이 있었지만, 그 누구도 감각과 욕망으로부터 완전한 챔피언 벨트(Champion Belt)를 얻지 못했다. 그 이유는 무엇일까? 우리는 다시 돌아보아야 한다. 무엇이 잘못되었는지, 왜 이렇게 많은 이들이 실패를 반복하고 있는지, 혹시 감각과 욕망이라는 상대를 잘못 이해하고 있는 것은 아닌지 말이다. 지피지기(知彼知己)면 백전백승(百戰百勝)이라 했지만, 우리는 욕망을 무조건 '쳐부숴야 할 대상'으로만 생각해 왔다. 욕망을 버리고 죽이는 방법을 찾기 위해 수천 년 동안 수행해 왔지만, 욕망으로부터 완전히 해방된 사람이 도대체 얼마나 되었던가? 감각과 욕망을 헤어 나올 수 없는 감옥에 가두고 큰 자물쇠를 채우는 것이 자유로워지는 길이라고 오해한 것은 아닌가? 깊이 잠그고 봉해 두었음에도 시시때때로 기어 나오는 감각의 파동(Wave), 그리고 그 감각이 일으키는 욕망을 도대체 어떻게 해야 하는가.

서양 정신세계에는 욕망을 죄(Sin)로 보는 시각이 깊이 흐른다. 창세기(Genesis)에서 아담과 이브가 에덴동산에서 쫓겨난 이유를 '욕망을 억제하지 못한 죄'로 해석하면서, 욕망하는 인간이 곧 죄를 짓는 인간이라는 관념이 굳어졌다. 수천 년 동안 사제 집단은 금욕(Asceticism), 특히 성적 금욕을 미덕으로 삼았고 일반인 또한 욕망을 잘 억제하는 사람을 훌륭한 인간으로 여겨왔다. 욕망을 초월한 사람은 고통의 굴레를 벗어난 스승처럼 추앙받았다. 하지만 생각해 보라. 만약 생존에 필요한 욕구 외의 모든 욕망이 없었다면 인류는 원시 시대에서 한 발짝도 나아가지 못했을 것이다.

배고파 죽을 지경인 사람이 먹을 것을 찾는 것은 욕망이 아니라 생존을 위한 욕구(Needs)이다. 먹고 자는 일은 모든 생명체가 지닌 본능(Instinct)적 기능이다. 그렇다면 성적 욕구는 욕구인가 욕망인가? 생명 유지 본능과 직접 연결되어 있지 않으므로 욕망인가, 아니면 유전자를 남기기 위한 동물적 욕구인가? 만약 최초의 욕망이 시작되지 않았다면 인류는 아예 존재하지도 못했을 것이다. 아담과 이브가 선악과(Forbidden Fruit)를 따 먹은 대가가 출산과 노동의 고통이었다면, 우리는 모두 욕망의 후예이다. 어떤 생명체든 종족 확장을 위해 욕망이라는 수단을 사용하며, 욕망 없이 생명은 번성할 수 없다. 가난한 사람이 부자가 되고자 하는 욕망이 없다면 그는 영원히 가난한 채로 살 것이다. 그러므로 욕망을 거부하지 마라. 욕망하는 자가 되어도 욕망에 지배당하지 않고 욕망을 사용하는 자가 되어라. 이것이 당신이 원하는 삶을 여는 첫 번째 원칙이다.

신체 감각을 가진 인간이 욕망으로부터 완전한 자유를 얻으려 하는 것이 과연 순리(順理)에 맞는 일인가? 욕망을 없애려 수행하는 것 또한 욕망을 없애고자 하는 또 하나의 욕망이다. 욕망이란 의식이 원하는 것을 충족시키려는 힘이니, 살아 있는 한 욕망의 불꽃은 꺼질 수 없다. 그 불꽃이 완전히 꺼지는 순간은 육체가 사라지는 죽음뿐이다. 불이 위험하다고 해서 모든 음식을 날것으로 먹을 것인가? 칼이 위험하다고 해서 칼을 쓰지 않고 살 것인가? 칼은 사람을 죽일 수도 있고 살릴 수도 있다. 칼이 문제인 것이 아니라 그 칼을 어떻게, 어디에 사용하는가가 문제다.

욕망도 마찬가지다. 욕망은 살아 있는 자의 근본적 에너지(Fundamental Energy)이다. 욕망이 없는 성스러운 인간을 꿈꾸는 어리석음에 빠지지 마라. 욕망을 없애겠다는 욕망에 침잠하지 마라. 그 또한 결국 욕망일 뿐이다. 욕망하는 자가 되어라. 그러나 욕망을 지배하는 자가 되어라. 그것이 당신의 삶을 창조(Creation)하는 진정한 시작점이다.

욕망 사용설명서

남녀 간의 '썸(Some/Flirting)'이 시작되면 행동을 결정하려는 순간 주변 사람들에게 조언(Advice)을 구하게 된다. 그때 가장 흔히 듣는 말이 "몸이 시키는 대로 해라, 마음이 원하는 대로 해라"라는 것이다. 이 말은 달콤한 유혹처럼 들리지만, 문제는 그 조언을 그대로 따랐다가 너무 빠른 스킨십이나 입맞춤 이후 관계가 파국(破局)으로 치달을 때 발생한다. 사람들은 조언한 이에게 "네 말대로 했더니 성추행범(Sex Offender)이 될 뻔했다"라며 되묻기도 한다. 몸과 마음이 시키는 대로 했을 뿐인데 왜 결과는 전혀 다른 방향으로 흘러갔는가? 그것은 바로 욕망의 사용법(Manual)을 몰랐기 때문이다.

과학 문명(Scientific Civilization)의 발달로 수많은 도구가 만들어졌지만 사용법을 모르면 아무 소용이 없다. 우리가 사용하는 휴대폰만 해도 그 안의 수많은 기능(Feature)을 대부분 활용하지 못하는데, 그것은 휴대폰의 잘못이 아니라 사용법을 모르는 사람의 문제일 뿐이다. 욕망과 욕구도 마찬가지다. 감각을 통해 일어난 욕망은 어떻게 사용하느냐에 따라 보약이 될 수도 있고 독이 될 수도 있다. 현대인이 자주 겪는 스팸 문자나 보이스피싱(Voice Phishing)도 휴대폰 자체가 잘못이라기보다 그것을 이용하는 인간의 악의(Malice)가 문제인 것과 같다. 모든 발명품처럼 욕망과 욕구 역시 순기능(Positive Function)과 역기능(Dysfunction)을 동시에 지닌다. 최근의 통신 사태도 그 단적인 예이지만,

그렇다고 누구도 휴대폰을 버리고 살지는 않는다.

욕망의 부작용이 있다 해서 욕망 자체를 버리고 살 수는 없다. 그렇다면 지혜로운 사용법은 무엇인가? 첫 번째는 욕망을 투쟁(Struggle)의 대상으로 보는 시각을 내려놓는 것이다. 욕망을 정복해야 할 적으로 생각하는 순간 당신의 삶은 패배로 귀결된다. 인간은 살아 있는 한 감각을 통해 욕망이 계속 일어나기 때문이다. 수천 년 동안 금욕(Asceticism)과 고행(Penance)을 통해 욕망을 끊어냈다는 수행자들이 있었지만, 그들 중 누구도 욕망이 완벽히 사라졌다는 증거를 제시하지 못했다. 욕망이 사라진 세계를 이상향으로 여기는 형이상학적(Metaphysical) 관념이 정말 자유로운 것인지 되물어야 한다. 우리가 적이라고 생각했던 욕망 자체가 어쩌면 오랜 세월 잘못 규정된 오해였을지도 모른다.

우리는 신체 감각(Physical Senses)을 가진 존재다. 감각은 살아 있는 한 욕망을 만들어내기에, 욕망 자체를 제거하려는 노력은 필연적으로 끝없는 좌절(Frustration)을 낳는다. 따라서 욕망 없음을 목표로 삼기보다 욕망이 일어나는 감각의 흐름을 안정적으로 유지할 수 있는 능력을 길러야 한다. 욕망으로부터 자유롭고자 한다면 욕망을 억누르는 것이 아니라, 욕망을 일으키는 감각을 지탱하는 힘을 키워야 한다. 이것이 욕망으로부터 진정한 자유에 가까워지는 가장 현실적이고 인간적인 길(Way)일 것이다.

세상을 사는 지혜

어차피 인간의 몸을 받아 이 세상에 태어나 살다 가야 하는 운명으로 이번 생을 시작했다면, 그 수많은 인연들 중에서도 가장 소중한 것은 사람과의 인연(因緣)이다. 아무리 세속을 떠나 신선놀음을 한다 하더라도 우리가 새나 나무, 별만을 벗 삼아 살 수는 없다. 부딪치고, 상처 입고, 다시 기대며 결국 사람은 사람을 동반자(Companion) 삼아 살아가야 한다. 나무는 나무끼리, 꽃은 꽃끼리, 새는 새들끼리 살듯 사람도 사람끼리 살아가다 보면 그 관계(Relationship) 속에서 수많은 일이 일어나기 마련이다. 때로는 분노하고 증오하며, 때로는 사랑하는 그 감정의 파도 속에서 깊은 우울이 찾아오기도 한다. 가끔은 사람을 떠나 살고 싶다는 생각을 하지만, 정말 떠난다고 해서 평안과 안식이 찾아올 것인지 확신할 수 없다면 우리는 여전히 사람 숲에서 살아야 하는 존재다.

세상에서 성공한 사람들의 가장 큰 공통점은 사람 사이의 관계를 예술(Art)로 승화시킨 사람이라는 것이다. 그래서 "인사가 만사(人事가 萬事다)"라는 말이 생겨났다. 결국 어떤 사람과 관계를 맺고 살아가느냐가 성공한 인생을 좌우한다. 다행히 인간은 식물이 아니기에 자신의 의지에 따라 만나고 싶은 사람을 선택(Choice)할 수 있다. 게다가 인간에게는 오감으로 느낄 수 없는 또 하나의 감각인 육감(Sixth Sense)을 신이 선물했다. 그 육감은 사람을 통해 전해지는

기(氣)를 느끼게 한다. 건달에게서는 건달의 기운이, 수행자에게서는 고요한 기운이, 지혜롭고 용기 있는 사람에게서는 강한 에너지(Energy)가 전해진다. 당신이 만나는 사람의 기운이 삶을 어느 방향으로 이끌지는 결국 당신이 누구와 함께하느냐에 달려 있다.

"그 사람을 보려거든 그 사람의 친구를 보라"는 말처럼, 아무리 의지가 굳은 사람이라도 자신이 속한 환경(Environment)과 관계의 영향에서 완전히 자유로울 수는 없다. 사람과 사람의 관계에서 가장 중요한 것은 누구를 만나느냐이며, 그것이 당신 인생의 방향을 정한다. 만약 당신이 살고 싶은 인생의 모델이 있다면 그 삶과 닮아 있는 역할 모델(Role Model)을 만나야 한다. 그림을 그리고 싶다면 화가를, 노래를 부르고 싶다면 음악가를, 글을 쓰고 싶다면 작가를 만나야 한다. 만약 그들이 이미 세상에 없다 해도 그들의 책을 읽고 언어와 사상을 통해 마음으로 교류(交流)할 수 있다. 필자 또한 닮고 싶은 니체(Nietzsche)와 벌써 4년째 교제 중이다. 그는 내 안의 잠든 생각을 깨우고 삶의 의미를 새로 정의하게 했다. 이처럼 떠난 이와의 관계 역시 인생을 이끄는 중요한 힘이다.

닮고 싶은 삶을 살아가는 사람을 만나려면 먼저 나 자신이 그와 닮을 준비를 해야 한다. 인간관계는 내가 원한다고 해서 아무 때나 만들어지는 것이 아니다. 만약 사악한 의도나 계산된 목적을 가지고 타인을 도구(Tool)처럼 이용하려 한다면, 상대는 당신이 어떤 마음으로 다가오는지를 본능적으로 알아차리고 멀리할 것이다. 왜냐하면 그 역시 스스로를 단련해온 존재이기 때문이다. 요즘 사회를 뒤흔드는 뉴스 속 인물들을 보며 우리는 인간관계가 한 사람의 인생을 성공으로도, 파멸(破滅)로도 이끌 수 있음을 깨닫게 된다. 지혜로운 사람을 만나 좋은 관계를 맺는 일이야말로 인생에서 가장 중요한 실천이다.

사람을 판단할 때는 신중에 신중을 기해야 한다. 겉모습이 아니라 그 사람의 본질(Essence)을 볼 때까지는 어떠한 선입견(先入見)도 가져서는 안 된다. 지혜롭고 용기 있는 사람은 반드시 화려한 외양을 가진 것이 아니다. 오히려 겸허하고 단단하며 자신의 길을 묵묵히 걷는 사람일 수 있다. 당신이 겉모습의 화려함을 내려놓을 때 비로소 진정한 인연이 당신에게 다가올 것이다.

맞는 사람 감별법

사람과 사람의 관계 속에서 자신의 인생이 한 단계 업그레이드(Upgrade)된 삶을 살기 위해서는 먼저 어떤 사람과 관계를 맺을 것인가에 대한 자기 기준(基準)이 분명해야 한다. 왜냐하면 사람의 내면은 눈으로 볼 수 없기 때문이다. 우리가 육안으로 볼 수 있는 것은 그저 겉모습일 뿐이다. 겉으로 드러난 외양(外樣)만을 보고 닮고 싶은 사람이라 판단해 그와 가까워졌다가, 시간이 지나면서 전혀 예상하지 못한 다른 모습들을 보게 되고 결국 실망과 배신감(背信感)으로 관계가 무너지는 일은 인간사에서 너무나 흔한 일이다. 그것은 상대의 잘못이 아니다. 그 사람을 선택(Selection)하고 그 관계를 발전시키기로 결정한 나 자신의 선택의 결과일 뿐이다.

당신이 닮고 싶다고 생각한 그 사람을 통해 정말로 얻고자 했던 것이 무엇이었는가? 그리고 그것을 얻기 위해 당신은 얼마나 진실된(Sincere) 자세로 그 관계를 이어왔는가? 이 질문에 먼저 스스로 대답할 수 있어야 한다. 그 이전에 분명히 알아야 할 것은 겉모습이 그 사람의 전부가 아니라는 점이다. 진짜 부자들은 화려한 명품(名品)이나 고급 승용차에 집착하지 않는다. 만약 당신이 돈을 버는 목적이 비싼 물건을 사거나 보석을 소유(所有)하는 등 보여지는 것에 있다면, 당신이 만나게 될 사람 또한 당신과 똑같은 목적을 가진 사람일 것이다. 부자로 보여지기를 원하는 사람과 실제로 부자인 사람은 다르다. 전자는 겉모습을 중요하게 생각하고, 후자는 그런 외형적 치장(Decoration)에 전혀 신경 쓰지 않는다.

진정으로 강한 격투 선수는 기합 소리를 크게 지르지 않는다. 전성기 시절의 마이크 타이슨(Mike Tyson)이나 러시아의 전설적인 파이터 표도르(Fedor)가 경기 전 함성을 지르며 자신을 과시한 적이 있었던가? 그들은 담담한(Calm) 표정으로 경기에 임했지만, 그 무심한 듯한 태도 속에서 오히려 가장 강한 위압감(Overwhelming Pressure)이 느껴졌다. 이 세상에서도 마찬가지다. 자신을 화려하게 포장(Packaging)하고 큰 소리로 자신을 증명하려는 사람은 경계해야 한다. 진정으로 내면(Inner Self)이 단단한 사람은 조용한 힘으로 존재한다.

만약 당신이 관계를 맺고 싶어 하는 사람이 광화문 한복판에서 마이크를 들고 끝없이 떠드는 어떤 목사라면, 그를 닮고 싶은 사람으로 삼기 전에 스스로에게 물어야 한다. 진정한 목회자(牧會者)가 세상의 중심에서 그렇게 떠들며 자기 존재를 증명해야 하는가? 만약 당신이 그와 같은 목회자가 되고 싶다면 지금 당장 광화문으로 나가 그를 만나야 할 것이다. 또한 당신이 부자가 되고 싶은 이유가 타인의 눈에 그렇게 보이고 싶은 욕망(慾望)에서 비롯된 것이라면, 지금 바로 60개월 할부로 고급 외제차를 사라. 그 차가 당신의 욕망을 증명해 줄 것이다.

그러나 당신이 진정으로 닮고 싶은 사람이 그런 허상(虛像)의 부자가 아니라면, 당신이 지금 쫓고 있는 것은 현실의 스승이 아니라 스스로 만든 환상(幻想)일 수도 있다. 진정한 고수(高手)는 기합 소리를 지르지 않는다. 그의 침묵(沈默)이 오히려 세상을 울린다. 그러니 자신을 요란하게 치장하고 크게 떠드는 사람들과의 관계는 멀리해야 한다. 닮고 싶은 스승이 없는 것이 아니라, 그렇게 보여지는 허상의 인생을 당신이 스스로 만들어 쫓고 있는 것은 아닌지 이제는 당신 자신을 들여다보아야 한다.

그렇게 하기 위해서는 먼저 당신이 살고 싶은 인생의 비전(Vision)을 스스로 그릴 줄 알아야 한다. 타인의 시선에 비친 인생이 아니라 당신이 진심으로 원하고 꿈꾸는 삶 말이다. 먼저 당신 자신이 되어라. 그때 비로소 당신이 진정으로 닮고 싶은 사람이 당신 앞에 나타날 것이다.

삶의 멘토

좋은 인간관계에는 정해진 공식(Formula)이 없다. 사람마다 관계 속에서 바라고 얻고자 하는 것이 다르기 때문이다. 그래서 사람과 사람의 관계를 "이렇게 해야 정답이다"라고 딱 잘라 말할 수는 없다. 하지만 어떤 환경에서도 잊지 말아야 할 것이 있다. 그것은 바로 "내가 어떤 사람이 되고 싶은가?" 하는 물음(Question)이다. 필자가 살아온 60여 년의 세월을 돌아보아도, 이 질문에 선뜻 대답하지 못하는 사람들이 대부분(Majority)이었다. 그들은 평생을 살아오면서도 정작 자신이 어떤 인생을 살고 싶은지조차 모른 채 살아왔다. 자신이 어떤 인생을 살고 싶은지도 모르는 사람이 어떻게 닮고 싶은 사람을 가질 수 있겠는가? 그것은 애초에 불가능(Impossible)한 일이다.

우리는 단순히 옷 한 벌을 고를 때조차 자신에게 어울리는 색(Color)과 디자인(Design)을 생각하며 선택한다. 계절이 바뀌었다고, 혹은 남들이 사니까 따라가서 다른 사람에게 잘 어울리는 옷을 고른다고 해서 그 옷이 나에게도 어울릴 것이라 생각하는 것은 착각이다. 수많은 디자인의 옷이 존재하는 이유는 사람마다 체형과 기질(氣質), 어울림이 다르기 때문이다. 음식을 고를 때도 마찬가지다. 식당에 들어가 다른 사람들이 많이 시켜 먹는 메뉴(Menu)를 무심코 따라 시킨 적이 있을 것이다. 하지만 그 음식이 정작 내 입맛에는 맞지 않아 낭패를 본 경험도 있지 않은가?

사람과 사람의 관계도 이와 같다. 모든 사람은 제각기 다른 특징(Characteristic)을 가지고 있다. 따라서 관계를 맺을 때 가장 중요한 것은 "나는 무엇을 좋아하는가?"와 "나는 어떤 사람으로 살고 싶은가?"

이 두 가지를 먼저 아는 것이다. 자비로운 김수환 추기경처럼 따뜻한 인품(Character)을 닮고 싶은가? 지혜로운 법륜 스님 같은 사람이 되고 싶은가? 혹은 막대한 재산을 사회에 환원한 워런 버핏(Warren Buffett) 같은 자선가(Philanthropist)가 되고 싶은가? 아니면 가슴을 울리는 글을 쓰는 작가가 되고 싶은가? 건달이나 연예인의 화려한 삶을 동경(憧憬)할 수도 있지만, 그것은 진정으로 "되고 싶은 나"가 아니라 그저 "보여지고 싶어 하는 나"일 뿐이다.

화려하고 멋있어 보이는 사람을 그저 부러움의 눈으로 바라본다면, 당신은 아직 당신 자신을 찾지 못한 것이다. 당신이 진정 되고 싶은 사람은 타인의 시선에 비치는 이상적인 나(Ideal Self)가 아니라, 내면 깊은 곳에서 "이렇게 살고 싶다"라고 조용히 속삭이는 진짜 나다. 하지만 대부분의 사람들은 "타인에게 어떻게 보일 것인가"를 인간관계의 중심에 두고 살아간다. 그러나 그것은 진정한 자아(Self)를 찾는 일과는 아무 상관이 없다. 본래의 당신, 본질(Essence)적인 당신은 타인의 눈에 비치는 모습과 전혀 다르다.

그래서 사람과 사람의 관계에서 가장 먼저 해야 할 일은 "내가 어떤 사람이 되고 싶은가?"라는 질문에 스스로 대답할 준비(Preparation)를 갖추는 것이다. 그 준비가 되어 있을 때 비로소 당신이 닮고 싶은 사람을 찾아낼 수 있다.

당신이 되고 싶은 사람이 화려하고 멋진 사람일 필요는 없다. 남들에게 영향력을 끼치는 위대한 인물일 필요도 없다. 먼저 당신 자신이 어떤 사람인지 알아야 한다. 그것이 인간관계의 시작(Start)이며, 동시에 끝(End)이다. 자신을 아는 순간 관계는 진심으로 맺어지고, 삶은 그때부터 비로소 자기 길을 걷기 시작한다.

거짓말 고수되기

거짓말하는 기술(Skill)을 연마(鍊磨)해야 한다. 누가 들어도 단박에 거짓말인 줄 아는 그런 서툰 것 말고, 누가 들어도 거짓말인 줄 모르는 그럴듯하고 따뜻한 거짓말을 할 줄 아는 기술이 필요하다. 이 세상을 살아가며 거짓말이 얼마나 지혜(Wisdom)로운 세상살이에 꼭 필요한 기술인지 나는 굳이 말하지 않아도 깨닫게 된다. 살다 보면 하늘도 속이고 땅도 속일 수 있을 만큼 절묘한 거짓말 한마디가 얼마나 많은 사람을 살려낼 수 있는지를 순간순간 실감(實感)하게 된다.

어느 날, 새 옷을 사 입고 출근한 미스 김이 내게 물었다. "과장님, 어제 신세계 아울렛에서 새 옷 한 벌 샀어요. 요즘 아이유가 입는 스타일(Style)이에요. 어때요?" 솔직히 말하자면 그 옷은 미스 김에게 전혀 어울리지 않았다. 다소 통통한 몸매의 그녀가 아이유처럼 야들야들한 패션(Fashion)을 따라 한 것이 '돼지 목에 진주 목걸이'처럼 보였다. 하지만 그 생각을 그대로 말할 수는 없었다. 그래서 나는 미소를 지으며 말했다. "야, 미스 김! 옷이 날개라더니 그 옷을 입으니까 아이유처럼 하늘하늘하고 귀여워 보이네. 정말 옷 잘 샀네." 보여지는 것을 있는 그대로 말하는 것이 아니라, 그 사람이 '보여지고 싶어 하는 대로' 말하는 기술, 이것이 바로 지혜로운 세상살이의 핵심(核心)이다. 그 기술의 가치를 깨달은 사람이라면 지혜로운 거짓말이야말로 인생에서 익혀야 할 가장 중요한 덕목(德目) 중 하나임을 안다.

유발 하라리의 저서 '사피엔스'에 나오는 인지혁명(Cognitive Revolution)은 다르게 표현하자면 거짓말의 혁명이자 상상(Imagination)의 혁명이었다. 인류가 지구의 최상위 포식자(Apex Predator)가 될 수 있었던 비장의 무기, 그것은 바로 거짓말이었다. 존재하지 않는 것을 진실처럼 믿게 하는 능력, 그 상상력과 언어의 힘이 인류를 이 자리에 오르게 한 것이다. 남녀 간의 사랑에서도 마찬가지다. 이미 마음이 끌리는데도 그 감정을 들키지 않기 위해 무심한 척, 관심 없는 척 밀고 당기며 거짓말을 주고받는다. 그것은 사랑을 더 오래 지속(持續)시키는 창조적(Creative)인 거짓말의 기술이다.

등산을 할 때도 그렇다. 처음 산을 오르는 사람은 지쳐서 "이제 못 올라가겠어요"라고 말한다. 그럴 때 등산 고수(高手)들은 이렇게 말한다. "거의 다 왔어. 저 언덕만 넘으면 정상이야." 하지만 우리는 모두 안다. 그 언덕을 넘어도 아직 한참 남았다는 것을 말이다. 그럼에도 그 말이 지친 이에게 다시 한 걸음 내딛을 힘을 준다. 그 거짓말은 결코 나쁜 것이 아니다. 사람을 살리는 거짓말, 희망(希望)을 주는 거짓말이다. 이처럼 기술 좋은 거짓말은 사람이 살아가면서 반드시 익혀야 할 기술이다. 아름다운 거짓말은 세상을 풍요(豊饒)롭게 하고, 상처 입은 사람에게 위로(慰勞)를 주며, 낙담과 절망에 빠진 이에게 희망을 선물한다.

세상을 이롭게(利) 하는 거짓말은 이 세상을 지혜롭게 살아가는 데 있어 가장 훌륭한 무기다. 단, 그 거짓말이 나와 타인 모두에게 피가 되고 살이 되는 것이어야 한다. 그러나 반대로 자신의 변명이나 과거의 잘못을 덮기 위한 거짓말, 혹은 자신의 이익을 위해 타인을 속이는 거짓말은 시간이 지날수록 자신을 나락(奈落)으로 떨어뜨리는 독약(毒藥)과도 같은 거짓말이 된다. 인생의 '거짓말 사용법'을 잘 이해한다면 그것은 분명 지혜로운 세상살이에 큰 도움이 될 것이다. 뛰어난 배우는 자신의 연기가 연기처럼 보이지 않게 하는 배우다. 그리고 뛰어난 거짓말쟁이는 자신의 거짓말이 누군가에게 빛과 소금(Light and Salt)이 되게 할 줄 아는 사람이다. 그런 사람만이 세상을 이롭게 하는 진정한 거짓말을 아름답게 사용할 수 있다. 당신이 사용하는 언어가 완벽한 거짓말이 되어, 그 누군가의 삶을 살리고 하루를 환하게 비출 수 있기를 진심으로 바란다.

중용의 도(道)

넘치지 않는 지혜를 중용(中庸)의 지혜라고 한다. 인간의 삶에서 가장 자주 회자되는 단어 중 하나가 바로 중용(中庸) 또는 중도(中道)이다. 이 두 단어는 비슷해 보이지만 근본적인 의미에는 차이가 있다. 중용은 유교의 언어이고, 중도는 불교의 언어다. 그러나 그 철학적 의미를 완벽히 이해하지 못하더라도 우리는 살아가며 자연스럽게 과유불급(過猶不及)이라는 말을 실감할 때가 많다. 지나침은 미치지 못함과 같다는 그 깨달음이 바로 중용과 중도의 출발점이다.

새벽 3시에 일어나 하루를 시작하는 나에게 사람들은 종종 "너무 힘들게 사는 것 아니냐?"라고 묻는다. 하지만 나는 내 삶이 힘들다고 느낀 적이 한 번도 없다. 누군가에게는 넘침처럼 보일지 몰라도, 그 넘치는 시간들이 모여 이전에는 없던 새로운 창조(Creation)가 이루어지기 때문이다. 그래서 인생에서 중요한 것은 넘쳐야 할 일과 넘치지 말아야 할 일을 구분하는 것이다. 한 걸음 더 내디뎌야 할 때와 한 걸음 물러서야 할 때를 알아야 한다. 주변의 어떤 평가에도 흔들리지 않고 자신이 정한 인생의 방향이 분명하다면, 앞으로 나아갈 용기(Courage)가 있는 사람이 비로소 자기 완성된 인생을 만들어갈 수 있다.

소액으로 주식 투자를 하며 내가 깨달은 것도 결국 이것이다. 주식 투자에서 가장 중요한 덕목 하나를 꼽으라면 그것은 바로 용기다. 일반 투자자가 기관 투자자보다 정보나 분석 능력에서 앞서기란 어렵다. 그런데도 개인 투자자 중에는 기관보다 더 나은 수익률을 내는 사람들이 있는데, 그 이유는 무엇일까? 전문가들이 다루는 정보와 분석 능력은 결국 과거의 데이터(Data)로 미래를 예측하는 능력이다. 그러나 미래란 신(神)의 영역이며 언제나 예측하지 못한 변수(Variable)가 존재한다. 결국 그 변수를 어떻게 받아들이고 대응하느냐가 투자의 성패를 결정한다. 그래서 주식 시장에는 "공포(Fear) 속에서 사라"는 오래된 격언이 있다.

하지만 그것이 말처럼 쉬운 일인가? 공포가 극에 달하면 인간의 이성은 무너지고 판단력은 흐려진다. 그 순간에도 냉정하게 시장과 종목을 분석할 수 있는 사람, 그가 진정한 고수(高手)다. 손절매(Loss Cut) 또한 마찬가지다. 이미 마이너스가 난 종목을 정리하는 일은 손실 회피 심리(Loss Aversion)를 넘어서는 결단이 필요하다. 그러나 이 모든 과정에서 우리가 경계해야 할 것은 유연함(Flexibility)과 유약함(Weakness)을 혼동하지 않는 것이다. 유약함은 어려움에 부딪히면 자신을 변화시키기보다 그냥 포기해버리는 태도다. 반면 유연함은 목표를 향한 길이 막혔을 때 새로운 길을 찾아내는 능력이다. 유연한 사람은 자신의 방법이 틀렸음을 인정할 줄 알고, 그 실패 위에서 다시 전략을 세운다. 그에게는 포기하지 않는 용기와 두려움을 넘어서는 결단이 있다.

유연함 속에서도 가장 조심해야 할 것이 바로 중용이다. 화살이 가장 멀리 날아가기 위해서는 활시위의 장력(Tension)이 너무 팽팽하지도, 너무 느슨하지도 않은 지점에서 정확히 맞춰져야 한다. 현악기가 가장 아름다운 소리를 내는 순간 역시 줄이 지나치게 팽팽하지도 않을 때다. 모든 일에는 균형(Balance)의 강도와 적절한 시기(Timing)가 있다. 강하게 밀어붙여야 할 때 물러서면 아무 일도 이루어지지 않지만, 반대로 무리하게 밀어붙이는 순간 오히려 모든 것을 잃을 수도 있다. 병아리가 알 속에서 세상 밖으로 나오려 할 때 어미 닭이 너무 세게 껍질을 쪼아버린다면 그 병아리는 세상을 보기도 전에 죽고 말 것이다.

세상 모든 일에는 그 일이 성공하기 위한 적당한 강도와 시간이 필요하다. 기다릴 줄 아는 인내(Patience)와 행동할 줄 아는 용기가 적절히 어우러질 때, 당신이 완성하고자 하는 인생이 비로소 당신 앞에 모습을 드러낼 것이다. 중용이란 더도 덜도 아닌, 가장 아름다운 조화(Harmony)의 순간을 찾아내는 일이다.

쾌락(快樂)

쾌락(快樂)과 즐거움 사이, 그 어딘가에 머물고 싶은 마음은 누구에게나 있다. 현대인의 삶이 조선 시대(朝鮮 時代)의 선비나 남방 소승 불교(小乘 佛敎)의 수도승과 같은 삶이 아니라면, 모두가 자신만의 즐거움을 추구할 권리를 가지고 있다. 그러나 오늘 즐겁다고 느낀 일이 내일도 즐거울 것이라는 보장은 없고, 오늘 괴롭다고 느낀 일이 내일도 괴로울 것이라는 보장 또한 없다. 즐거운 술자리도 길어지면 난장판이 되고, 즐거운 대화도 길어지면 논쟁(Dispute)으로 변하며, 논쟁은 비판으로, 비판은 비방(Slander)으로 바뀐다. 슬기로운 사람은 이것을 안다. 즐거움이 극에 달했을 때 자리를 떠날 줄 알고, 대화가 가장 아름다울 때 멈출 줄 안다.

세상의 모든 관계가 늘 즐거움으로만 가득할 수는 없다. 만약 모든 일이 즐거움으로만 채워져 있다면, 그 즐거움은 더 큰 즐거움을 원하게 되고 더 큰 즐거움은 마침내 쾌락의 극점(Zenith)을 추구하게 된다. 신이 인간에게 내린 최고의 선물 중 하나가 섹스(Sex)다. 그것을 통해 인간은 단순한 즐거움을 넘어 쾌락의 정점을 경험한다. 그러나 그 행위조차도 너무 자주 반복되면 쾌락보다 고통이 뒤따른다. 쾌락을 관장하는 신경 전달 물질인 도파민(Dopamine)은 강한 중독성(Addiction)을 지닌다. 이 물질은 게임, 알코올, 운동, 심지어 탄수화물 중독까지 다양한 형태의 쾌락 중독을 유발한다.

그렇다면 도파민의 분비를 억제하는 약물을 처방받아 복용한다면 모든 중독에서 벗어날 수 있을까? 이론적으로로는 가능할지도 모르나 여기에는 역설(Paradox)이 존재한다. 도파민은 쾌락만 관장하는 것이 아니라, 결핍될 경우 우울증(Depression)을 불러일으킨다. 심지어 조현병(Schizophrenia)은 도파민의 과도한 활성에서 비롯된다고 한다. 이처럼 쾌락은 인간의 삶에 있어서 결코 사소하지 않은 중요한 요소다. 그러나 그것을 어떻게 조절하느냐가 성공한 인생으로 가는 가장 중요한 열쇠(Key)가 된다. 슬기로운 사람은 즐거움이 도를 넘을 때 멈출 줄 알고, 쾌락이 정점에 이르렀을 때 돌아설 줄 안다. 마사지가 몸의 피로를 풀고 회복을 돕지만 과하면 통증이 되듯, 즐거움이라는 보약도 적당히 즐기면 삶을 풍요롭게 하지만 과하면 몸과 마음을 병들게 한다.

진정 지혜로운 사람은 자신이 지혜롭다는 사실을 모르는 사람이다. 오히려 자신이 어리석다고 생각하며 지혜(Wisdom)를 갈망하는 사람이 진짜 지혜로운 자다. 지혜로운 사람은 자신의 지혜를 자랑하지 않는다. 오히려 스스로를 어리석게 보이게 하여 겸손(Humility)의 갑옷으로 자신을 숨긴다. "모난 돌이 정을 맞는다"는 말처럼, 큰 바위의 일부가 튀어나와 있다고 해서 그 바위가 바위가 아닌 것은 아니다. 그러므로 지혜로운 사람은 바위의 중심, 가장 깊은 곳에 머문다. 세상에는 보이지 않는 적과 싸우는 사람들이 있지만 그것이야말로 가장 어리석은 일이다. 진정한 지혜는 스스로의 힘을 자랑하지 않는 데 있다. 지혜로운 사람은 자랑으로 적을 만들지 않는다.

요즘 정치권의 토론을 보면 하버드 대학교(Harvard University) 출신의 한 젊은 후보가 가진 방대한 지식량(Knowledge)에 놀랄 때가 있다. 그러나 자신의 지식 자랑이 결국 자신에게 독이 된다는 사실을 모른다면 그것은 지혜가 아니라 어리석음이다. 지식은 중요하지만 세상을 움직이기에는 역부족(力不足)이

다. 지식에 어리석음을 잘 섞어 오랜 시간 숙성(Aging)시키면 지혜라는 훌륭
한 식재료가 된다. 그 지혜가 세상을 요리하는 최고의 비법이다. 세상의 모든
과일은 때를 기다리지 않으면 떫지만 너무 오래 기다리면 썩는다. 지혜롭게 어
리석다는 것은 잘 익은 과일처럼 향기와 맛이 나는 것이다. 떫은 지식이 무르
익어 지혜가 될 때까지 어리석음을 무기로 삼아라. 그러면 결국 당신의 지혜는
가장 찬란하게 빛날 것이다.

후회하는 인생을 살아라

후회하지 않는 인생을 바라지 마라. 그것은 인간의 영역(領域)이 아니다. 후회 없는 인생이란 성장을 멈춘 나무와 같고 박제된 동물과 같다. 후회하지 않는 가장 확실한 방법은 아무것도 선택하지 않는 것이지만, 아무것도 선택하지 않음으로써 결국 그 무(無) 자체를 후회하게 되는 것 또한 후회다. 인생을 산다는 것은 곧 후회라는 그림자를 동반하는 일임을 잊지 말아야 한다. 우리는 늘 지나간 일을 돌이켜 후회(後悔)의 감정 속에 살아가지만, 그 후회가 지금의 나를 만든 성장의 밑거름(Nourishment)이었다는 사실은 망각(忘却)한 채 후회의 기억만 지워버리려 한다.

어느 떡장수 할머니가 있었다. 길을 걷던 허기진 나그네(Traveler)가 떡을 사 먹었는데, 한 개를 먹어도 배가 차지 않자 또 한 개를 먹었고 다섯 개째 떡을 먹었을 때에야 비로소 배가 부르다는 느낌이 들었다. 그러자 나그네는 "미련한 짓을 했군! 처음부터 다섯 번째 떡을 먹었더라면 한 개만으로도 배가 부를 수 있었을 텐데"라고 말했다. 할머니는 웃으며 말했다. "어리석은 나그네여! 첫 번째 떡으로 허기를 달래고, 두 번째 떡으로 배를 채우고, 세 번째 떡으로 위장의 절반을 채우고, 네 번째 떡으로 속을 든든하게 만든 뒤에야 다섯 번째 떡이 배를 부르게 한 것이지. 어찌 다섯 번째 떡 하나만으로 배가 부르겠느냐"

이 이야기가 단순한 우화(寓話)처럼 들릴 수도 있다. 하지만 수많은 사람은 자신의 인생에서 후회스러운 일들을 지워버리려 한다. 만약 그렇게 한다면 당신은 다시 처음부터 배고픈 나그네처럼 첫 번째 떡을 먹어야 할 것이다. 아직 오지 않은 시간에 대해 후회할 수 있는 사람은 아무도 없다. 후회란 이미 지나간 시간 속, 자신이 했던 선택(選擇)에 대한 미련의 또 다른 이름이다. '후회 없는 인생을 살았다'고 말하는 사람이 있다면, 그가 후회하지 않는 이유는 후회할 일이 없어서가 아니라 그 후회를 성장의 디딤돌(Stepping Stone)로 삼아 더 나은 자신으로 변했기 때문이다.

후회란 자기 안의 실수와 실패, 어리석음으로 인해 타인에게 고통을 준 사실을 통렬히 성찰(省察)하고 참회(懺悔) 끝에 새롭게 태어나는 과정의 필수 코스다. 후회는 새로운 시작을 알리는 종소리이며 같은 실수를 반복하지 않겠다는 자기 다짐의 서약(誓約)이다. 진정으로 자신을 후회할 줄 아는 사람만이 이전과는 완전히 다른 새로운 인생을 시작할 수 있다. 진정한 후회는 반성을 낳고 참된 반성은 참회를 낳으며, 진심 어린 참회는 후회 이전의 삶과 완전히 다른 새로운 인생을 만들어낸다.

그러나 조심해야 한다. 후회는 양날의 검(Double-edged Sword)이다. 그것을 잘못 사용하면 자기학대(Self-abuse)의 도구가 되어 미래의 삶을 병들게 할 수도 있다. 하지만 지나간 과오를 진심으로 반성하고 새로운 자신으로 거듭나기 위한 정화(淨化)의 도구로 사용할 수 있다면, 후회는 인생 최고의 보약(Restorative)이 된다. 건강한 후회로부터 지혜(智慧)를 얻고 그 지혜로 다시 삶을 새롭게 하라. 그때 비로소 후회는 당신의 인생을 밝히는 등불(Lamp)이 될 것이다.

장막 뒤에 숨어라

훌륭한 싸움꾼은 언제나 자신이 가진 능력의 전부를 드러내지 않는다. 자신의 실력을 완전히 감추는 일은 단순한 비밀주의(Secretism)가 아니라 고도의 기술(Skill)이다. 이것은 복잡한 기술이라기보다, 얼마나 자신이 가진 능력을 적절히 숨길 줄 아는가에 달려 있다. 많은 사람은 진실한 사람을 좋아한다고 말하지만, 사실 그것은 착각이다. 사람들이 진정으로 끌리는 이는 '전부를 알 수 없는 사람'이다. 그 사람 안에 무엇인가 미지(未知)의 영역이 남아 있을 때 사람들은 그를 다시 만나고 싶어 한다. 그의 끝을 가늠할 수 없을 때 인간은 본능적으로 호기심과 흥분을 느끼기 때문이다. 이미 다 알고 있는 존재에게는 더 이상 호기심이 생기지 않는다.

이러한 심리(Psychology)를 이용하는 대표적 사례가 있다. 사이비 종교나 불법 다단계 조직의 지도자들은 자신을 신비한 존재처럼 포장한다. 그들의 성공 여부는 얼마나 완벽하게 그 신비를 연출하느냐에 달려 있다. 그러나 그것은 단지 특정 조직에만 해당하지 않는다. 세계적인 스타의 사생활이나 스포츠 선수의 신체 능력 또한 실제보다 부풀려지는 경우가 많은데, 그것이 바로 스타성을 오래 유지하게 만드는 전략(Strategy)이기 때문이다. 사람이 살아가는 근본 에너지는 호기심이다. 세상에 대한 호기심이 사라진다면 그의 하루하루는 얼마나 무료하고 건조하겠는가. 따라서 인간관계에서도 적절한 호기심의 여지를 남기는 것은 매우 중요한 덕목(德目)이다. 오늘 하루가 어제와 다른 호기심으로 시작된다면 그날은 흥분되고 기쁜 하루가 될 것이다. 모든 설렘은 미지에 대한 기대(Expectation)에서 비롯된다. 이런 인간의 심리를 이해하고 거기에 맞게 자신을 적절히 감출 줄 아는 사람, 그가 바로 어디서나 환영받는 사람이다.

그러나 그 감춤에는 반드시 균형(Balance)이 필요하다. 사기와 진실 사이, 그 경계선 어딘가에 머물러야 한다. 자신을 지나치게 포장하면 망상가(妄想家)로 보이기 쉽고, 실제로 과대망상(Megalomania)에 빠진 사람은 사기꾼이 될 확률이 높다. 그렇다면 건강한 '속임수'란 무엇인가? 불필요한 질문에 스스로를 너무 많이 드러내지 않는 것이다. 모든 신비로움은 당신의 입을 통해 사라진다. 사람은 상대를 파악할 때 무엇보다 그의 말을 듣고 판단하며, 행동과 몸짓 또한 중요한 판단 기준이 된다. 따라서 자신의 능력과 장점을 자랑하듯 말하는 순간, 그 사람에 대한 신비감은 사라지고 만다.

당신의 능력과 비밀을 모두 아는 사람은 단 몇 명이면 충분하다. 가족, 그리고 진정한 친구 한두 명 정도 말이다. 그들 앞에서는 있는 그대로의 자신을 보여라. 그러나 세상 전체 앞에서는 당신의 장막(Curtain)을 내려라. 사람들은 당신의 탁월한 능력보다 아직 드러나지 않은 가능성(Potential)을 더 기대한다. 따라서 자신의 능력을 잘 감추는 기술, 그것이야말로 인간관계를 성공으로 이끄는 보이지 않는 열쇠다.

익숙한 것으로부터의 탈출

익숙한 것으로부터의 탈출이 곧 변화의 시작이다. 사람은 누구나 어제 만난 사람, 어제 머물렀던 장소, 어제 살던 집, 어제 걷던 길, 어제 들렀던 마트에 이르기까지 익숙함 속에서 안정(安定)을 찾는다. 그래서 새로운 환경에 적응하는 일은 대부분의 사람에게 낯설고 어렵게 느껴진다. 이로 인해 우리는 변화를 두려워하고, 결국 익숙함이라는 안락한 감옥 속에 스스로를 가둔다. 그러나 세상은 언제나 변화를 싫어하는 다수보다는 변화와 낯섦에 능동적으로 적응할 줄 아는 소수의 사람에 의해 이끌려왔다.

알렉산더 대왕과 칭기즈칸은 자신이 오늘 머물고 있는 땅이 아닌 또 다른 세계에 대한 열망으로 대제국(大帝國)을 건설했다. "어떻게 살 것인가?"라는 물음 앞에 많은 사람이 "어제의 나를 벗어나, 평범한 나를 넘어, 내가 진정으로 원하는 삶을 살고 싶다"라고 대답한다. 그러나 그렇게 말하는 이들 중 다음 날 아침에도 어제와 똑같은 일상을 반복하는 이들이 얼마나 많은가. 행동하지 않는 희망은 꿈이 아니라 자기기만(自己欺瞞)이다. 내일의 모습이 바뀌지 않는 이유는 어제와 똑같은 오늘을 살고 있기 때문이다. 아주 사소한 변화조차 용기가 필요하다. 인간은 신체 대비 뇌의 무게가 가장 무거운 포유류 중 하나다. 이 뇌는 인간을 지구상의 최상위 포식자로 만든 위대한 도구이지만 그만큼 에너지를 소모한다. 뇌는 체중의 5%도 되지 않지만 하루 에너지 소비량의 25%

를 차지한다. 그렇기에 인간은 '생각하는 동물'인 동시에 생각하기를 싫어하는 동물이다. 이로 인해 인간은 새로운 환경, 사람, 시도에 정신적 에너지를 쓰는 것을 본능적으로 회피한다. 인류학자들은 이러한 인간을 '인지적 구두쇠(Cognitive Miser)'라고 부른다.

아이러니하게도 이 게으른 본성을 극복한 소수의 사람이 역사 속에서 세상을 지배해왔다. 그들은 성장이 익숙함의 파괴로부터 시작된다는 비밀을 알았다. 익숙한 세계로부터 벗어나는 일은 많은 정신적 에너지를 소모하지만, 그만큼 자신을 성장시키는 가장 강력한 자극(Stimulus)이 된다. 따라서 오늘부터라도 익숙한 나로부터 탈출하는 용기를 가져야 한다. 나 또한 많은 책을 읽지만 때때로 한 권의 책을 수십 번씩 되풀이해서 읽는다. 책에는 수많은 장르(Genre)와 세계가 있다. 다양한 플랫폼에 들어가 보면 무수히 많은 갈래의 도서가 존재하지만, 우리가 늘 익숙한 책만, 쉽고 재미있는 책만 반복해서 읽는다면 정신의 세계는 한 뼘도 성장하지 않는다. 새로운 분야의 책을 읽는다는 것은 새로운 사람을 만나는 것보다 더 어려운 일이다. 이미 세상을 떠난 작가와 대화를 나눠야 하기 때문이다. 그럼에도 불구하고 새로운 언어와 사유(思惟)의 세계는 이런 낯선 만남을 통해서만 확장된다.

나에게도 그런 만남이 있었다. 4년 전 나는 니체(Nietzsche)를 만났다. 그의 언어는 처음엔 너무 낯설고 어려워 많은 인내와 시간을 요구했다. 하지만 꾸준히 반복해서 읽고 대화하듯 사유하다 보니 조금씩 그 언어의 세계가 열리기 시작했다. 아직 완전히 이해하지는 못했지만 언젠가 그의 사상의 심연(Abyss)에 닿을 날이 오리라 믿는다. "어떻게 살 것인가?"라는 질문에 나는 독자들에게 단 하나의 제안을 하고 싶다. 익숙한 것으로부터 탈출하라. 그것이 사람이든, 책이든, 일상이든, 돈을 버는 방식이든 상관없다. 익숙한 세계로부터 벗어나는 순간 당신 앞에는 새로운 세계의 문이 열린다. 그리고 그 문턱을 넘을 단 한 걸음의 용기, 그것이 당신 인생의 새로운 장을 시작하는 첫 문장이 될 것이다.

언어 사용설명서

말과 글은 인간이 지닌 또 다른 표현의 세계다. 사피엔스가 지구상의 최상위 포식자(捕食者)가 되는 데 결정적인 역할을 한 것은 바로 '언어'를 사용할 줄 알았기 때문이다. 인지혁명(Cognitive Revolution) 이후, 만약 인류가 언어의 세계를 만들어내지 못했다면 인간은 결코 오늘날과 같은 문명(文明)과 지배력을 갖지 못했을 것이다. 언어는 단순한 의사소통의 도구가 아니라 세상을 이해하고 세상과 연결하는 가장 근본적인 능력이다.

인간관계에서 우리가 가장 많이 사용하는 도구(道具)를 하나 꼽으라면 그것은 단연 '말'이다. 언어는 두 사람 사이의 대화에서 시작하여 여러 사람이 함께 의견을 나누는 토론, 한 사람이 묻고 한 사람이 대답하는 대담, 또는 각자의 생각을 교환하며 세상을 논하는 담론(Discourse) 등 다양한 형태로 발전해왔다. 우리는 언어를 통해 세상을 이해하고 소통한다. 그러나 많은 사람은 언어의 사용법을 잘 알지 못한다. 그래서 말이 약이 되기보다 독이 되는 경우가 훨씬 많다.

"어떻게 살 것인가?"라는 물음 속에서도 언어는 가장 중요한 도구 중 하나다. 우리는 매일 말을 하고 듣지만 정작 언어를 제대로 배우거나 훈련받은 적은 거의 없다. 잘못 사용된 말은 총칼보다도 무섭다. 한마디의 말이 관계를 무너뜨리고, 또 한마디의 말이 사람을 살리기도 한다. 말을 들은 대로만 해석하는 습관은 수많은 오해를 낳고 진심을 왜곡한다. 그래서 언어는 독해(讀解)의 영역이다. 소리를 듣는 것만으로는 그 뜻을 온전히 이해할 수 없다. 거의 모든 사람이 말을 사용하지만 말의 깊이와 이해력에는 큰 차이가 있다. 같은 한국어를 쓰는 사람들끼리조차 서로의 언어를 전혀 이해하지 못하는 경우가 많다. 그렇기에 세상을 폭넓게 이해하기 위해서는 언어의 감수성(Sensitivity)을 확장하는 노력이 필요하며, 그중에서도 책 읽기만큼 언어의 확장력을 키우는 방법은 드물다.

비트겐슈타인(Wittgenstein)은 언어에 대해 이렇게 말했다. "철학은 언어를 무기로 하여 우리의 지성(知性)에 걸린 주문과 싸우는 전투이다.", "우리가 걷는 길은 결국 자신에게로 향한다.", "내면의 문제를 조율할 때 세상의 소음은 음악이 된다.", "말할 수 없는 것에 관해서는 침묵(Silence)해야 한다." 누구나 말을 사용하지만 아무나 말을 이해하는 것은 아니다. 귀로 들리는 말은 단지 소리일 뿐 의미가 아니다. 세상의 모든 소리에 해석이 필요하듯 사람의 말 또한 그렇다. 바람이 파도를 만든다고 해서 바람 소리를 파도 소리로 혼동한다면 언어의 세계로부터 멀어지게 된다.

언어의 행간(行間)을 이해한다는 것은 소리를 듣는 것이 아니라 그 소리에 담긴 의미를 읽는 일이다. 숲속 새들의 노랫소리도 각각의 새가 만들어내는 고유한 세계이나, 우리가 그것을 단지 '새소리'라고 뭉뚱그려 부를 뿐이다. 지구상에 존재하는 모든 인간이 언어를 사용하지만 우리는 그중에서도 대한민국이라는 울타리 안에서 한국어라는 언어를 통해 세상을 인식하고 살아간다. 외국어에 능숙한 사람이 아니라면 대부분의 한국인은 한국어를 통해 세상의 질서와 의미를 이해해야 한다.

국경을 넘어가면 새로운 언어의 세계가 펼쳐진다. 그러나 다른 나라의 언어가 우리의 언어와 완전히 다른 세계를 만드는 것은 아니다. 다만 세상을 바라보는 방식과 해석의 결이 조금씩 다를 뿐이다. 그래서 번역된 외국 문학을 읽을 때 그 의미가 완벽히 같다고 볼 수는 없지만, 적어도 소리보다 글로 전달되는 것이 본래의 의미에 더 가까워질 수 있다. 소리는 귀의 감각의 영역이지만 글은 뇌의 사유(思惟)의 영역이다. 생각의 문이 닫혀 있는 사람에게는 책이 들어갈 수 없다. 하지만 생각의 문을 열지 않은 사람에게도 말은 여전히 들어올 수 있다. 그만큼 말은 강력한 도구이자 위험한 무기다.

"어떻게 살 것인가?"라는 거대한 주제 속에서 슬기로운 언어생활을 이야기하는 이유는 분명하다. 우리가 세상을 이해하고 자신을 표현하며 다른 사람과 관계를 맺는 모든 출발점이 바로 언어이기 때문이다. 말은 단순한 소리가 아니라 인간이 세상과 맺는 가장 깊은 철학적 행위다.

의사소통

언어의 가장 중요한 기능 중 하나는 의사소통(Communication)이다. 우리는 다양한 방식으로 자신의 생각과 감정을 상대에게 전달하기 위해 말을 사용한다. 이것은 개인 간의 관계뿐 아니라 국가 간의 관계에서도 마찬가지다. 언어를 통해 교류하고 그 결과를 문서로 정리하여 국가 간의 약속과 규율을 세운다. 즉, 언어는 개인의 삶을 넘어 문명(文明) 전체를 움직이는 가장 핵심적인 도구다.

최근 미국의 트럼프 대통령이 쏟아내는 언어는 종종 소음(Noise)처럼 들린다. 그의 말을 잘못 해석하면 국가 간에 불필요한 충돌과 혼란이 생긴다. 그는 말의 소리 속에 진의(眞意)를 숨긴 채, 자신의 의도를 관철하기 위해 언어를 전략적으로 사용하는 것이다. 트럼프가 저서 《거래의 기술(The Art of the Deal)》에서 밝힌 바에 따르면, 협상 테이블에서 그는 언제나 언어를 무기처럼 사용했다. 상대를 흔들기 위해, 유리한 흐름을 만들기 위해 말의 힘을 계산적으로 다루는 법을 알고 있었던 것이다.

언어는 언제나 진실을 전달하는 수단만은 아니다. 때로는 가장 정교한 사냥의 무기로 사용된다. 절세미인이 당신에게 다가와 자신이 얻고자 하는 목적을 위해 고급스럽고 우아한 언어로 유혹한다면, 당신은 과연 그 말의 진위(眞僞)를 단번에 구분할 수 있겠는가? 언어는 사피엔스(Sapiens)가 창조한 가장 위대한 발명품이지만, 그만큼 사람을 죽이는 칼이 될 수도 있고 사람을 살리는 약이 될 수도 있다.

만약 당신이 무엇인가를 얻기 위해 언어를 사용하려 한다면, 당신의 입을 통해 나가는 말은 진실이 아니라 상대가 듣고 싶어 하는 말이어야 할 것이다. 그가 듣고 싶어 하는 달콤한 언어를 알아차리고 그 말로 그의 마음을 움직일 수 있다면, 그것이야말로 세상을 살아가는 가장 큰 지혜(Wisdom)다. 예를 들어, 스스로 미모가 뛰어나지 않다고 생각하는 여성에게 "정말 아름다우십니다"라고 말하는 것보다 이렇게 말하는 편이 더 낫다.

"당신에게는 다른 누구에게서도 느낄 수 없는 향기가 있군요. 그 우아한 기운은 양귀비(楊貴妃)의 미모도 울고 갈 만큼 매혹적입니다."

조금 과장된 표현처럼 들릴지 몰라도, 칭찬은 고래도 춤추게 한다는 말이 있듯 진심 어린 말 한마디가 사람의 마음을 움직인다. 칭찬을 듣고 불쾌해할 사람은 없다.

'슬기로운 언어생활'이란 단순히 진실한 말을 하자는 뜻이 아니다. 오히려 언어가 진실을 그대로 반영하지 않는다는 사실을 이해하는 데 있다. 언어를 단지 진실의 전달 수단으로 믿는 사람은 이 세상에서 가장 순진한 사람이다. 그는 곧 누군가의 먹잇감이 된다. 언어의 장막 뒤에는 언제나 다른 의도, 다른 욕망, 다른 계산이 숨어 있다. 따라서 그 장막 뒤의 진실을 꿰뚫어 보는 눈을 갖는 것, 그것이 이 시대를 살아가는 데 필요한 가장 중요한 생존 기술(Survival Skill)이다.

마약처럼 달콤한 말을 구사할 줄 아는 사람은 세상을 지혜롭게 사는 사람이다. 그의 언어는 상대의 마음을 움직이고, 그 마음을 얻음으로써 세상을 움직인다. 그것은 세상에서 가장 강력한 무기다. 보이지 않지만 모든 것을 바꾸는 힘 말이다. 하지만 그보다 더 지혜로운 사람은 그 달콤한 언어를 들은 후 그 말의 행간(行間) 뒤에 숨은 진실을 볼 수 있는 사람이다. 그는 어떤 언어의 유혹에도 휘둘리지 않는다. 그는 자유(自由)롭다. 만약 오늘 하루 동안 당신이 사용한 말의 양이 적지 않다고 느껴진다면, 그만큼 그 말의 질(質)은 어땠는가를 한 번쯤 돌아보아야 한다. 언어는 삶의 거울이다. 당신의 말이 곧 당신의 세계를 비춘다.

눈높이 언어

한때 '눈높이 교육(Eye-Level Education)'이라는 말이 크게 유행한 적이 있었다. 지금도 여전히 유효한 교육 방식인 이 원리는 단지 교육에만 필요한 것이 아니다. 말, 즉 언어에도 눈높이가 필요하다. 왜냐하면 말은 내가 하지만 듣는 것은 상대방이기 때문이다. 아무리 좋은 뜻으로 말하더라도 상대방이 이해하지 못한다면 그것은 소음(Noise)일 뿐이다. 만약 누군가의 말을 이해하지 못한다면 우선은 그 사람을 탓하기보다 자신을 돌아보아야 한다. 사람은 각자의 언어 세계(世界) 안에서 살아가며, 그 언어의 범위가 곧 그 사람의 세계의 크기를 결정하기 때문이다.

언어의 세계를 확장해야 하는 이유는 분명하다. 내가 아직 경험하지 못한 세상을 만나기 위해서다. 비트겐슈타인(Wittgenstein)의 말처럼, "내 언어의 한계(限界)가 곧 내 세계의 한계"이기 때문이다. 깊은 바다를 누비는 고래의 언어를 계곡의 피라미는 이해할 수 없다. 구만리 상공을 나는 대붕(大鵬)의 비상을 풀잎 위의 메뚜기는 결코 알 수 없다. 그렇듯 수많은 사람은 자신의 언어 세계를 세상의 전부로 착각한다. 그리고 자신이 이해하지 못하는 언어를 쓰는 사람을 이질적(異質的)이라 여겨 배척한다. 그것은 곧 스스로 세상에 울타리를 치는 행위다. 우리는 끊임없이 진화(進化)하기 위해 자신이 알고 있는 언어의 세계 밖에 또 다른 세계가 존재함을 자각(自覺)해야 한다. 항상 열린 마음으로 새로운 언어를 받아들이고 이해하려는 노력이 필요하다. 그 언어를 사용하는 사람과의 대화와 교류 속에서 우리는 지금의 세상이 아닌 또 다른 신세계(新世界)를 만날 준비를 하게 된다.

대부분의 낯선 언어는 처음엔 생소하고 어렵다. 우리가 외국어를 배우며 느끼는 어려움도 결국 '낯섦' 때문이다. 영어는 미국인에게 익숙하지만 한국어는 그들에게 낯설다. 그러나 같은 나라 안에서도 언어의 세계가 서로 낯설게 느껴질 때가 있는데, 그것은 단지 그 사람의 언어를 자주 접하지 않았기 때문이다. 철학을 하는 사람들에겐 철학의 언어가 있고 문학을 하는 사람들에겐 문학의 언어가 있다. 베르나르 베르베르의 소설을 거의 모두 읽은 나로서도 가장 어려웠던 시기는 처음 읽은 『개미』와 그 다음 읽은 『뇌』였다. 하지만 몇 번의 반복을 거치자 그의 언어가 더 이상 낯설지 않았다. 최근 대한민국을 떠들썩하게 한 한강 작가의 소설을 읽으면서 느낀 것은 그녀가 사용하는 언어의 결이 내가 사용하는 것과는 다르다는 점이었다. 그래서 머리로는 이해되지만 가슴으로는 쉽게 내려오지 않았다. 하지만 언젠가 다시 한강 작가의 책을 읽게 된다면, 그때는 그녀의 언어가 또 다른 색깔로 다가올 것이다.

살다 보면 어느 날 문득 전혀 알지 못했던 언어의 세계가 귀로, 마음으로 열리는 순간이 있다. 마치 오랜 시간 닫혀 있던 문이 열리듯 그 언어가 이해의 빛으로 다가오는 것이다. 이것이 바로 슬기로운 언어생활의 핵심(核心)이다. 타인의 언어를 귀담아듣고 이해하고자 하는 열린 마음, 그리고 반복된 훈련(訓鍊)이 쌓이면 언젠가는 그 언어가 나의 일부가 된다.

슬기로운 언어생활의 기본은 단순하다. 타인의 언어와 내가 사용하는 언어 사이의 교집합(交集合)을 찾아라. 그리고 그 교집합을 통해 두 사람이 함께 공유

할 수 있는 언어의 세계를 확장시켜라. 그렇게 한다면 당신은 어떤 사람을 만나더라도 그의 언어 속에서 길을 잃지 않고, 오히려 당신의 삶을 더욱 풍요롭게 만들어갈 수 있을 것이다. 언어의 세계를 넓힌다는 것은 곧 당신의 세계를 넓힌다는 것이다.

들려지는 말

우리는 세상을 보이는 대로 이해하지 않고 생각하는 대로 이해한다. 보이는 것은 단지 자극일 뿐이며, 그 자극을 해석하고 의미를 부여하는 과정이 바로 사유(思惟)다. 그리고 그 사유를 정리하고 표현하는 도구가 언어(言語)다. 결국 우리의 생각이 곧 언어이며, 언어는 생각의 거울이자 세계를 인식하는 창이다. 사유가 깊어지고 그 과정이 이어질 때 우리는 어느 순간 철학과 명상의 세계에 들어선다. 그 시작은 언제나 '말'에서 출발한다.

하루 동안 우리는 어떤 말을 상상하며 살아가는가? 그리고 그 상상한 말들을 어떤 방식으로 사용하며 살아가는가? 그것이 바로 그 사람의 사유의 깊이를 드러낸다. 언어는 생각의 정수이며, 그 사람이 사용하는 말의 수준은 그가 얼마나 깊이 사유했는가를 보여주는 지적(知的) 흔적이다. 언어가 고급스럽게 느껴지는 사람은 외국어를 섞어 남이 알아듣기 힘든 말을 하는 사람이 아니다. 모든 사람이 이해하기 쉬운 말인데도 그 속에 깊이와 향기가 느껴지는 사람이다.

그런 사람은 말을 하기 전에 자신의 언어가 타인의 귀에 닿을 때 그 말이 어떤 맛과 울림을 남길지를 무의식적으로(Unconsciously) 느낀다. 그는 억지로 포장하거나 계산하지 않는다. 그저 자신의 내면에서 오랜 시간 숙성된 언어가 자연스럽게 흘러나올 뿐이다. 그 말은 따뜻하고 부드러우며, 듣는 사람의 마음에 잔잔한 여운을 남긴다. 언어가 힘을 얻기 위해서는 사실을 정확히 말하는 능력도 중요하지만, 상상을 현실로 이끌어오는 언어의 능력이 더 중요하다. 사람의 마음을 움직이는 것은 언제나 사실의 언어가 아니라 상상의 언어다. 현실이 아닌 것을 현실로 만들어내는 힘, 즉 "그럴 수도 있다"는 가능성(Possibility)의 문을 여는 것이 언어의 본질적(本質的) 힘이다.

깊이 있는 생각은 모든 사람이 당연하다고 여기는 것들에 대해 "왜 그것이 당연한가?"라고 묻는 데서 시작된다. 그 질문이 사유를 낳고, 사유가 새로운 시야를 열며, 그 시야가 이전에는 보지 못했던 세계를 보게 만든다. 그때 생각이 만들어낸 상상이 현실이 되었을 때, 그 생각에서 나온 언어는 이전의 모든 언어와는 다른 새로운 창조적(Creative) 언어가 된다. 생각의 지평(地平)을 넓힌다는 것은 감각으로 당연히 받아들이던 수많은 현상 너머의 세계를 보는 일이다. 그 너머를 보려는 시도, 그것이 바로 창조적 사유의 첫걸음이다. 그 모든 시작은 언어에서 비롯된다. 상상의 언어를 창조하고 그 언어의 세계를 현실에서 증명(證明)하기 위해 끊임없이 노력하는 사람만이 이 세상에 없던 새로운 언어의 창조자가 된다.

우리는 시대를 초월해 살아간 수많은 선각자의 말 한마디를 기억한다. 그들의 말은 단순한 문장이 아니라 그들이 새로운 세계를 본 증거다. 장자(莊子)의 일장춘몽(一場春夢), "그래도 지구는 돈다"고 말한 갈릴레오 갈릴레이, 진화론을 주장한 찰스 다윈(Charles Darwin), "신은 죽었다"고 선언한 프리드리히 니체(Friedrich Nietzsche), "국민의, 국민에 의한, 국민을 위한 정치"를 외친 에이브러햄 링컨(Abraham Lincoln), "죽고자 하는 자는 살 것이요, 살고자 하는 자는 죽을 것이다"라고 한 이순신(李舜臣), 그리고 "내 언어의 한계는 곧 내 세계의 한계"라 말한 루트비히 비트겐슈타인(Ludwig Wittgenstein) 등이 그러하다.

그들의 한 문장은 곧 그들의 인생이었다. 그들은 자신이 본 세계를 언어로 남겼고, 그 언어는 지금까지도 인류의 사유를 흔들고 있다. 그렇다면 당신은 평생 단 한마디의 언어라도 창조해내고 떠날 준비가 되어 있는가? 지금부터 당신의 언어 세계를 확장하라. 당신의 사유를 넓히고, 당신의 말이 당신의 정신을 앞서가게 하라. 작년에 했던 말, 십 년 전에 했던 말, 지금 하고 있는 말이 하나도 달라지지 않았다면 그것은 당신의 인생 또한 한 걸음도 앞으로 나아가지 못했다는 뜻이다. 새로운 언어의 세계를 찾는다는 것은 남들이 알아듣기 이려운 말을 하는 것이 아니다. 남들이 아직 보지 못한 세계를 새로운 언어로 표현하는 일이다. 그것은 감각의 세계를 넘어 사물의 실상(實相)을 꿰뚫어 볼 때 가능해진다. 언어는 단지 말이 아니라 사유의 진화(Evolution)이며 존재의 흔적이다.

언어라는 위험

허공을 가르는 언어의 칼날은 사람을 죽일 수 있다는 사실을 명심해야 한다. 사람이 살아가며 받는 수많은 상처 중 가장 자주, 가장 오래, 그리고 가장 깊게 남는 상처가 있다면 그것은 바로 허공을 가르는 말의 칼날로 입은 상처다. 눈에 보이지 않는 칼을 함부로 휘두르는 것은 미필적 고의가 아닌 의도된 살인이다. 수많은 사람이 타인의 말에 상처받고 그 상처를 극복하지 못해 삶을 포기한다. 그 이유의 대부분은 다른 이가 휘두른 언어의 칼날 앞에서 느끼는 저항할 수 없는 두려움(Fear) 때문이다.

사피엔스(Sapiens)가 인지혁명 이후 다른 동물에 비해 압도적인 우위를 점하게 된 이유는 언어를 창조했기 때문이다. 그렇게 탄생한 언어는 인류를 지구상 최상위 포식자(Apex Predator)로 만들었다. 인간이 언어를 만들어내지 못했다면 오늘날과 같은 문명과 문화생활은 결코 불가능했을 것이다. 소리로 표현된 언어는 그 소리를 기록하고자 하는 욕망을 불러일으켰고, 그 욕망이 문자(文字)를 창조했다. 언어와 문자는 인류가 세상과 소통하는 두 개의 문이었다. 하지만 언어와 문자는 언제나 순기능(Positive function)과 역기능을 동시에 지닌 존재다. 수만 년 전 언어가 처음 창조되던 시절 우리 조상들은 그것의 위험성을 알지 못했다. 그때의 언어는 단순하고 적었지만 시간이 지나며 기하급수적(Exponential)으로 늘어났다. 그럼에도 인간은 슬기로운 언어 사용법을 제대로 배우지 못했다. 지금도 학교에서 언어 예절을 체계적으로 배우지 않고 단지 "말조심하라"는 조언이 전부다.

언어는 인간이 만든 창조물 중 가장 유용하면서도 가장 위험한 도구다. 칼이 요리사의 손에 들리면 생명을 살리지만 살인자의 손에 들리면 생명을 끊는다. 언어 또한 마찬가지다. 역사 속에서, 그리고 지금 이 순간에도 언어를 잘못 사용해 자신뿐 아니라 수많은 사람을 파멸(破滅)시킨 사례는 셀 수 없을 만큼 많다. 정치 지도자, 종교 지도자, 거짓된 선지자와 사기꾼들이 대중을 언어로 선동하고 그들의 말이 세상 밖으로 흘러나가 얼마나 많은 사람을 죽음과 고통의 나락(奈落)으로 몰아넣었는지는 굳이 열거하지 않아도 모두 알고 있다.

사람들은 자신의 생각을 관철하기 위한 수단으로 언어를 쓴다. 특히 대중을 선동하려는 이들은 거짓을 진실로 포장해내는 기술자들이다. 그들은 프로파간다(Propaganda)라는 이름으로 거짓된 언어를 만들어내고, 수많은 사람은 그 거짓을 진실로 믿게 된다. 그 과정에서 사람들은 자신이 세뇌(Brainwashing)되고 있다는 사실조차 모른다. 혹은 알고 있으면서도 세뇌를 받아들인다. 세상에 거짓말이 넘쳐나는 이유는 간단하다. 사람은 언어를 창조했지만 참과 거짓을 완벽히 구분하는 능력은 창조하지 못했기 때문이다. 아마도 미래에 가장 큰 히트 상품이 하나 있다면, 그것은 세상의 모든 언어를 참과 거짓으로 구분해주는 플랫폼(Platform)이 될 것이다. 그것이야말로 인류가 만들어낼 가장 혁신적인 윤리적 도구일지도 모른다.

우리는 언론의 자유(Freedom of the press)와 언어의 자유를 혼동한다. 언론의 자유가 가져오는 혜택은 분명하지만 그로 인한 부작용 또한 엄청나다. 대표적인 예가 바로 유튜브(YouTube)이다. 이 채널은 수많은 순기능을 지니고 있지만 동시에 선동과 거짓, 조작된 정보가 사실처럼 편집되어 유통되며 수많은 사람의 정신적 혼란과 사회적 분열(分列)을 낳는다. 문제는 그 거짓이 사실이 아님이 명백히 드러나도 사람들은 자신의 생각이 틀렸음을 인정하지 않는다는 것이다. 그들은 스스로의 언어적 신념의 감옥 속에 갇혀버린다.

따라서 슬기로운 언어생활이란 첫째, 세상에 쏟아지는 수많은 언어를 참과 거짓으로 구분할 수 있는 능력을 갖추는 것이다. 쓰레기 같은 언어의 홍수 속에서 어떤 언어를 사용할지 선택하는 사람은 바로 자신이기 때문이다. 둘째, 언론의 자유가 누구를 위한 것인지 이해해야 한다. 가짜 뉴스로 사람들을 속이고 사회 혼란을 조장하는 이들에게는 그 자유에 상응하는 책임(Responsibility)과 처벌이 따라야 한다. 자유란 책임이 뒷받침될 때에만 비로소 진정한 자유가 된다. 모든 자유는 책임의 기반 위에 서 있다. 따라서 언론의 자유라는 이름으로 거짓된 언어를 생산하고 유통하는 자들에게는 합법적이고 합리적인 제재(制裁)가 필요하다. 그것이야말로 다수의 사람을 언어의 독으로부터 보호하는 길이다.

언어와 문자가 인류에게 엄청난 편리를 가져다준 것은 사실이다. 그러나 동시에 엄청난 피해를 주기도 한다. 이 사실을 이해한다면 슬기로운 언어생활이란 곧 내가 사용하는 언어가 타인에게 보약이 되는 언어인지, 독이 되는 언어인지를 끊임없이 점검(點檢)하는 일이다. 세상 밖의 언어를 받아들일 때에도 그것이 참인지 거짓인지를 분별할 줄 알아야 한다. 독약 같은 언어는 버리고 보약 같은 언어를 선택하는 지혜, 그것이야말로 인간이 언어를 가진 이유이자 사피엔스가 다시 인간다워지는 길이다. "언어는 인간을 창조했지만, 슬기로운 언어만이 인간을 구원한다."

나와 다른 사람을 만나라

세상의 모든 존재는 나와 다른 그 어떤 것과 만나 새로운 것으로 변한다. 수소(Hydrogen) 두 개는 산소(Oxygen) 하나와 만나야 비로소 물이 된다. 하지만 수소와 산소는 서로 성질이 다르다. 이렇듯 시로 다른 사람이 만나 혼자일 때보다 더 나은 결과를 만들어내기 위해서는 '나와 다른 사람과 어떻게 어울릴 것인가'에 대해 깊이 사색(思索)해야 한다. 왜냐하면 끼리끼리 놀면 끼리끼리의 결과밖에 나오지 않기 때문이다.

공부를 잘하고 싶다면 공부를 잘하는 사람을 만나야 한다. 그중에서도 자신이 수학을 못한다면 수학을 잘하는 사람을, 자신이 국어를 잘한다면 국어를 잘하는 사람을 만나야 한다. 서로 다른 두 사람이 만나면 국어와 수학을 모두 잘하는 사람이 될 수 있다. 이처럼 사람은 자신이 잘할 수 있는 계통(系統)의 사람뿐 아니라 자신이 잘하지 못하는 분야의 사람을 자주 만나야 한다. 골프를 잘 치고 싶으면서도 날마다 운동장만 뛴다면 그 실력이 늘 수 없다.

하지만 우리는 인간관계를 맺을 때 대부분 자기 수준과 비슷한 사람, 비슷한 일을 하는 사람을 선택적으로 사귄다. 그 결과 자신의 인생이 단 한 걸음도 앞으로 나아가지 못하고 있음에도 그 사실을 인식(認識)하지 못한다. 왜냐하면 나와 비슷한 사람을 만나면 나는 그저 세상에서 처지지 않고 잘 살고 있는 듯한 착각에 빠지기 때문이다. 나 역시 10여 년 전까지만 해도 술자리가 잦았고 여러 자생단체 사람들과 어울렸다. 그것이 사회성(Sociality) 향상에 도움이 된다고 믿었지만, 돌이켜보면 그것은 그저 술친구 관계에 불과했다. 그 자리에서 나눈 대화들은 내 인생을 단 한 걸음도 앞으로 나아가게 하지 못했다. 이익(利益)을 위해 맺어진 관계는 시간이 지나면 아무런 소득이 없는 인연으로 남는다.

사람을 만나는 인연(因緣)이 자신의 선택이라면 기왕이면 좋은 인연을 만나야 한다. 좋은 인연이란 무엇인가? 내가 모르는 것을 가르쳐줄 수 있는 친구, 나보다 지적 능력이 뛰어나 만날 때마다 배울 것이 있는 친구, 그리고 내면(Inner self)과 정신의 관리가 잘 되어 세상과 다투지 않고도 많은 것을 이룰 줄 아는 친구를 가까이해야 한다. 반대로 별다른 소득이 없는 사람들과 모여 소주 한 잔 기울이며 세상 탓을 하거나 비슷한 처지의 사람들과 고만고만한 이야기를 나눈다면 새로운 세상을 볼 수 있는 길은 열리지 않는다.

나와 다른 사람을 만나기 위해서는 끊임없이 새로운 인연을 창조해야 한다. 그것이 꼭 얼굴을 맞대는 관계일 필요는 없다. 오늘날처럼 SNS가 발달한 세상에서는 온라인(Online)을 통해서도 충분히 그런 친구를 만날 수 있다. 나 역시 여러 SNS에 글을 올리며 내가 모르는 세계를 더 깊이 이해하는 사람들의 글을 접한다. 그들의 글을 읽을 때면 나는 그 사람과 이미 보이지 않는 친구가 된 듯한 느낌을 받는다. 새로운 인연은 멀리 있지 않다. 마음의 문을 열면 당신 주변은 이미 새로운 배움의 인연으로 가득하다.

나와 다른 사람을 만날 때 기억해야 할 두 가지 기준이 있다. 첫째, 지식이 많고 그 지식을 바탕으로 풍부한 정신세계를 실천(實踐)하는 사람을 만나라. 그는 세상을 깊이 이해하고 자신의 지혜를 삶 속에서 구현하는 사람이다. 둘째, 돈이 많은 사람을 만나라. 하지만 그 돈이 부당(不當)하거나 범죄로 얻은 것이라면 그런 사람은 멀리해야 한다. 돈에는 눈도 없고 향기도 없지만, 혼탁한 방법으로 번 돈은 결국 당신의 인생도 혼탁하게 만든다. 정직하고 합리적인 방법으로 부를 쌓은 사람, 또는 아직 부자가 아니더라도 그 목표를 향해 끊임없이 노력하는 사람과 함께하라. 그런 사람과 함께 있다면 당신의 잔고(Balance)와 인생의 깊이가 함께 늘어날 것이다.

좋은 인연을 만나기 위해서는 먼저 당신 자신이 만나고 싶은 사람이 되어야 한다. 인기 있는 사람들의 비결은 단순하다. 그들은 '나와 다름'을 인정하고 수용(Acceptance)하는 힘이 있다. 유연(Flexibility)한 태도로 사람들과 마찰(Friction) 없이 어울리며 타인을 빛나게 하는 전기 에너지(Electrical Energy) 같은 존재다. 전구는 스스로 빛나지 않지만 전기를 만나면 세상을 밝히듯, 타인을 빛나게 하는 사람은 그 존재만으로도 세상을 따뜻하게 만든다.

슬기로운 인간관계란 이용할 줄도 알고 이용당할 줄도 아는 것이다. 이용만 하고 이용당하기를 싫어하는 사람은 경계해야 한다. 모든 인간관계에는 어느 정도의 필요가 존재한다. 그 사실을 알고도 기꺼이 이용당해주는 사람, 대가를 바라지 않고 타인을 빛나게 해주는 사람과 함께하라. 불 같은 사람이라면 물 같은 사람을 만나고, 나무 같은 사람이라면 흙 같은 사람을 만나라. 아무리 아름다운 천 년 고목이라도 흙이 없으면 자라지 못하고, 세상 어떤 불도 물로 끌 수 없는 것은 없다. 나와 다른 사람을 만나 함께 성장하라. 그 만남이야말로 당신의 인생을 한 단계 퀀텀 점프(Quantum Jump) 시키는 길이다. 당신의 다음 세계는 당신과 다른 사람에게서 열린다.

불편하고 불행한 인생

삶이 만족스러운 상태가 계속된다면 그것은 또 다른 불행의 시작이다. 우리는 어떤 한 분야에서 성공(成功)한 사람들이 한순간에 무너져 내리는 뉴스를 자주 접한다. 그럴 때마다 도대체 무엇이 부족해서 마약을 하거나, 그토록 많은 부를 쌓고도 비난받을 일을 벌였을까 묻곤 한다. 누구나 행운이 자신에게 찾아오길 바라고 불행(不幸)은 비켜가길 바라며 살아가지만, 지난 시간을 돌이켜보면 자신에게 가장 값진 시간은 오히려 불행이 찾아왔던 때였다. 행복했던 기억은 희미해지기 마련이지만, 불행을 극복하기 위해 자신의 한계(限界)를 넘어온 힘 다해 살았던 시간만은 선명히 남는다. 우리에게 가장 행복했던 순간은 불행이 없던 때가 아니라, 그 불행을 정면으로 마주하며 묵묵히 어둠의 터널(Tunnel)을 통과했던 바로 그 시간이다.

신은 인간에게 망각(忘却)이라는 훌륭한 선물을 주었다. 행복한 일은 금세 잊히도록, 불행했던 기억은 오래도록 남도록 설계해 둔 것이다. 아마도 신이 인간에게 불행의 기억을 남겨둔 이유는, 불행이야말로 삶에서 얼마나 소중하고 필연적인 것인가를 잊지 않게 하려는 배려였을 것이다. 불행의 의미를 깨닫는 사람만이 결국 그로부터 해방될 수 있다는 점을 알려주는 신의 은총(恩寵)이 아닐까. 당신이 이루고자 하는 것을 모두 이루어 만족(滿足)스러운 인생을 살고 있다면, 그다음 기다리고 있는 것은 더 큰 행복이 아니라 나락이다. 만족하는 삶의 유효기간(Expiration Date)은 불만족한 삶의 그것보다 훨씬 짧다는 사실을 잊지 말아야 한다.

그렇다면 성공 이후 찾아온 만족으로부터 자신을 어떻게 해방시킬 수 있을까? 방법은 단 하나, 스스로를 또 다른 벼랑 끝(Precipice)에 세우는 것이다. 물질적인 만족지수가 100% 충전되었다면 지식이나 정신의 영역에서는 여전히 불만족의 여백(餘白)이 남아 있을 것이다. 경제적인 부를 이루었다면 이번에는 학문적 도전, 예술적 탐구, 혹은 새로운 사회적 봉사 같은 또 다른 세계로 자신을 던져라. 세상에는 당신을 다시 깨어나게 할 벼랑이 널려 있다. 불만족과 불행의 상태에 있다는 것은 당신이 여전히 살아 있어야 할 이유가 있다는 증거다. 아직 해야 할 일이 있고 삶의 에너지가 남아 있다는 뜻이다. 불행은 당신을 파괴하기 위해 오는 것이 아니라 성숙하게 만들기 위한 삶의 교사이자 초대장(招待狀)이다.

예순의 나이에 중학교에 다니고 있는 나는 매일 나 자신과 불만족의 전쟁을 치른다. 늦게 시작한 공부를 통해 방송통신고등학교를 거쳐 부산대학교 철학과에 진학하겠다는 결심을 했다. 부산에서 부산대학교에 가는 일이 얼마나 어려운지 알기에, 초등학교 수준의 학문적 기반(基盤) 위에 놓인 수학과 영어라는 장벽(Barrier)은 내게 에베레스트처럼 느껴진다. 하지만 나는 그 산을 오르기로 했다. EBS 강의를 듣고 아들에게 과외를 받으며 영어 단어 2,500개를 외우는 계획(計劃)을 세웠다. 이 모든 것은 내가 선택한 불편함이며 내가 초대한 불행이다. 학문에 대한 나의 깊은 불만족이 지금의 나를 살아 있게 만든다.

내면이 충만한 사람은 외부의 불편과 불행을 오히려 성장의 신호로 받아들인다. 당신에게 불행이 찾아왔다면 도망치지 말라. 불행을 극복하고자 한다면 먼저 그것을 직시(直視)해야 한다. 당신이 불행과 마주하면 불행도 당신을 바라본다. 그 불행의 손을 잡아주는 순간, 그것은 더 이상 고통이 아니라 스승이된다. 불행은 언제나 당신이 조금 더 성숙해지길 바라기 때문이다. 당신의 하루를 벼랑 끝에 세우고 한 걸음 더 나아가라. 그것이 불행을 통해 성장할 수있는 유일한 길이다. 불행은 당신을 시험하지 않는다. 다만 당신이 더 깊어질수 있도록 초대(招待)할 뿐이다.

만족한 삶을 꿈꾸지 마라

사람은 누구나 만족(滿足)한 삶을 바라지만, 만약 그 만족이라는 것이 당신에게 주어진다면 그 만족이 과연 어떤 의미인지 한 번 깊이 돌아보아야 한다. 인간은 만족 속에서 성장하지 않는다. 불만족(Dissatisfaction)을 느낄 때, 그리고 편안함보다 불편함을 개선하고자 할 때 비로소 인간의 지적(Intellectual) 능력과 문명이 진보했다는 사실을 유구(悠久)한 역사가 증명하고 있다. 인류의 진화(Evolution)는 곧 불편함과의 싸움의 역사였다. 만약 우리의 조상들이 자신들의 삶에 완전한 만족을 느꼈다면 지금의 인류는 존재하지 못했을 것이다. 그러니 지금 당신의 삶이 수많은 불편함으로 힘들게 느껴진다면 그것은 오히려 커다란 성공(Success)의 징조다. 단, 그 불편함 앞에 무릎을 꿇지 말라. 그 불편함을 해소하려는 과정 속에서 이전과는 전혀 다른 삶이 당신 앞에 선물(Gift)처럼 나타날 것이다.

인간관계 또한 마찬가지다. 사람과의 관계가 항상 편안하기만 하다면 그 관계는 이미 멈춰 있는 관계다. 불편함이 생기고 그것을 해결하고, 다시 원만함이 찾아오고 또다시 불편함이 생기는 과정을 반복하면서 우리는 관계의 성숙도(Maturity)를 한 걸음씩 높여간다. 불편함이 없는 인생은 죽은 인생이다. 불편함이 존재한다는 것은 내가 여전히 살아 있다는 증거다. 살아 있는 인간은 끊임없이 불편함을 느끼고, 그 불편함을 해결하는 과정에서 새로운 세상을 만들어간다. 자동차를 사람이 직접 운전해야 하는 불편함을 없애기 위해 자율주행(Autonomous Driving) 기술은 발전했고, 사람의 노동을 덜기 위한 욕망에서 휴먼 로봇(Humanoid Robot)과 인공지능(Artificial Intelligence) 같은 존재가 탄생했다. 종이책을 읽어야 하는 불편함에서 전자책(e-Book)이 생겨났고, 극장까지 가야 하는 불편함에서 넷플릭스(Netflix)가 세상에 나왔다. 이렇듯 인간은 불편함을 해결하는 과정에서 전진의 에너지를 얻는다.

하지만 만약 당신이 '모르고 있음'을 스스로 알면서도 그 무지(無知)를 방치한 채 살아가고 있다면, 그것은 세상에 대한 게으름이며 그 게으름이 당신의 인생을 가두는 족쇄(Shackles)가 된다. '모른다'는 사실을 깨달았다면 그 무지를 불편하게 느껴야 한다. 그리고 그 불편함을 해소하기 위해 알고자 하는 욕망과 호기심이 끊임없이 일어날 때, 당신은 서서히 앎의 영역으로 이동하게 된다. 그때 비로소 세상을 보는 지혜(智慧)의 눈이 한층 밝아진다. 사람은 불편할 때 비로소 생각한다. 한 번의 생각으로 포기한다면 그 불편함은 영원히 해결되지 않는다. 그러나 같은 생각을 여러 번 반복하며 곱씹으면 그것은 사색(思索)이 되고, 그 사색이 깊어져 반복되면 사유(思惟)가 된다. 사유가 깊어질수록 불편함의 본질(Essence)을 이해하게 되고, 마침내 통찰(Insight)의 눈이 열린다.

세상에 위대한 일을 남긴 사람들이나 자기 내면을 갈고닦아 전과는 전혀 다른 자신으로 다시 태어난 사람들은 공통적으로 불편함을 견디지 못한 사람들이었다. 과학 문명(Scientific Civilization)의 발전은 불편함을 참지 못한 인간의 도전이 만든 결과물이다. 철학과 종교, 예술의 진보 역시 내면의 불편함, 감정의 충돌, 존재의 의문에 대한 괴로움을 끊없이 탐구한 사람들의 산물이다. 그들은 불편함 속에서 새로운 감정의 처리 방법을 찾아내고, 그것을 사유의 체계로 완성하여 세상을 바라보는 새로운 길을 제시했다. 편안한 인생을 꿈꾸지 마라. 불편함을 느끼지 못하는 편안함은 결국 지루함의 다른 이름일 뿐이다. 편안함 속에서는 아무런 변화도, 새로운 창조(Creation)도, 진정한 성숙도 일어나지 않는다. 그러므로 불편하라. 그리고 그 불편함을 사랑하라. 불편함이 당신을 불행하게 만드는 것이 아니라, 당신을 더 인간(Human)답게 만든다.

관찰의 힘

우리는 하루를 살아가며 수많은 문제와 마주하고 그때마다 선택(選擇)을 해야 한다. 때로는 선택을 유보할 때도 있다. 그렇다면 바른 선택을 하기 위해 삶의 과정 속에서 반드시 갖추어야 할 덕목(德目)은 무엇일까? 그것은 바로 관찰(觀察)이다. 관찰이란 단순히 순간 스쳐 가는 느낌이 아니다. 어떤 현상이나 사물이 변화하는 과정을 시작부터 끝까지 끈기 있게 바라보는 것, 그것이 관찰의 출발점이다. 관찰은 결코 어렵지 않다. 다만 쉬운 일을 꾸준히 할 수 있는 사람만이 관찰을 통해 또 다른 세계를 발견할 수 있다.

시간 속에서 관찰의 힘을 체험해 본 사람이라면 관찰이야말로 모든 문제를 푸는 열쇠(Key)라는 사실을 안다. 그러나 이 '끊임없는 바라봄'을 견디는 인내(忍耐)를 가지기란 결코 쉬운 일이 아니다. 타인의 마음이나 감정을 이해하려면 그 사람의 마음이 왜 그렇게 움직였는지를 끊임없이 바라볼 수 있어야 한다. 그 지속적인 바라봄이 바로 관찰이다. 관찰은 관심(關心)에서 시작된다. 관심은 어떤 변화에 대한 궁금증에서 비롯되고, 그 궁금증을 해결하기 위해 시간과 인내를 기꺼이 투자하겠다는 결심에서 비롯된다. 하지만 많은 이가 관찰이 원하는 결과를 바로 주지 않는다는 이유로 그 끈을 놓아버린다. 결과를 미리 정해놓은 관찰은 이미 죽은 관찰이다.

세상의 모든 변화에는 시간이 필요하다. 그 시간을 기다릴 수 없다면 관찰은 아무런 의미가 없다. 아무리 빨리 자라는 콩나물도 물 주는 시간을 기다려야 자란다. 하물며 수년에 걸쳐 열매를 맺는 사과나무(Apple Tree)라면, 얼마나 오랜 세월 정성스럽게 관찰해야 좋은 열매를 맺을 수 있겠는가? 사과나무를 관찰한다는 것은 최소 3년을 기다려야 사과를 만난다는 뜻이다. 애벌레(Caterpillar)가 나비(Butterfly)가 되는 순간을 보고 싶다면 한순간도 그 과정을 놓쳐서는 안 된다. 단 한 번 시선을 거두는 사이에 그것은 이미 애벌레이거나 혹은 나비가 되어 날아가 버렸을 것이다. 그러면 우리는 그 변화의 진실(眞實)을 영원히 알 수 없다.

나 또한 주식(Stock) 초보 투자자로서 투자 관련 책을 100권 넘게 읽었다. 하지만 여전히 현실의 투자 세계에서는 어려움을 겪고 있다. 왜냐하면 그 책들에 쓰여 있는 내용은 이미 지나간 시간의 기록이기 때문이다. 과거(過去)의 사례를 아무리 참고해도 미래(未來)의 상황을 그대로 예측할 수는 없다. 세상에는 같은 조건, 같은 상황이 두 번 다시 반복되지 않기 때문이다. 그래서 우리는 언제나 새로운 상황과 마주하게 된다. 그 새로운 상황을 헤쳐 나가는 힘은 결국 끊임없는 관찰에서 비롯된다.

막 태어난 아기(Baby)는 엄마의 집중적인 관찰 속에서 자라난다. 엄마의 관찰은 우주의 그 어떤 시선보다 세밀하고, 부드럽고, 날카롭다. 체온의 미세한 변화, 호흡의 리듬(Rhythm), 맥박의 빠르기까지 감지할 정도로 엄마는 온몸으로 아이를 관찰한다. 그처럼 진정한 관찰은 대상과 하나 되는 훈련이며, 대상의 문을 열고 그 안에 머무는 훈련이다.

"어떻게 살 것인가?" 이 물음 앞에서 당신에게 주어진 숙제가 있다면 그 숙제에 대한 관찰을 멈추지 마라. 그 관찰의 힘이 당신이 풀고자 하는 모든 문제를 여는 열쇠가 될 것이다. 관찰은 지속적인 인내, 지루함을 견뎌내는 힘, 그리고 같은 일을 묵묵히 반복할 수 있는 끈기로 완성된다. 관찰은 기다림의 예술(Art)이며, 기다림은 지혜(智慧)의 시작이다.

모든 것은 변한다

'관찰(觀察)'이라는 한자를 풀어보면 볼 관(觀)과 살필 찰(察), 즉 보고 살핀다는 뜻이다. 관찰의 목적은 사물이나 대상을 자세히 살펴 그 변화의 흐름을 알아가는 데 있다. 그렇다면 진정한 관찰의 시작은 이디서 비롯되는가? 그것은 아무런 기준이나 생각을 세우지 않은 무(無)의 상태, 즉 분별심(分別心)이 일어나지 않는 순수한 마음으로 있는 그대로를 바라볼 때 비로소 시작된다. 하지만 대부분의 사람은 관찰의 대상을 바라보기 전에 이미 자신의 생각을 투영(Projection)한다. 그리고 사물이 이렇게 변할 것이라는 '예정된 결론'을 품은 채 관찰을 시작하는데, 이는 결코 진정한 관찰이라 할 수 없다. 그런 관찰은 '자기 옳음'을 증명하기 위한 행위이자 목적 결정론적인 태도일 뿐이다. 이런 방식으로는 세상에서 일어나는 수많은 변화를 제대로 직관(Intuition)할 수 없다.

오리알과 달걀, 왕란과 수정란을 관찰한다고 가정해 보자. 관찰자가 미리 "이것은 달걀이니 21일이 지나면 병아리가 부화(Incubation)할 것이다"라고 결론 내린 채 바라본다면 그것은 관찰이 아니라 판단이다. 만약 그것이 오리알이었다면 어떠할까? 오리의 부화 기간은 29일이기에 21일이 지나도 병아리는 나오지 않는다. 이 얼마나 어리석은 관찰인가. 이 글을 읽는 독자 중 과연 몇이나 "나는 그런 관찰은 하지 않는다"라고 자신 있게 말할 수 있을까? 아마 많지 않을 것이다.

나는 주식 초보 투자자로서 3년간 공부와 소액 훈련을 거쳐 본격적으로 투자를 시작한 지는 이제 2년이 채 되지 않았다. 2024년의 최악의 하락장(Bear Market)에서 나 또한 그 거대한 파도를 피하지 못했다. 계좌의 손실은 깊었고 매일이 공포(Fear)였다. 그것은 누구의 탓도 아닌 전적으로 나의 판단의 오류(Error)였다. 나는 매일 투자 일지를 쓰며 손실의 원인을 복기(Review)했고, 그 과정에서 깨달았다. 나는 '열심히 관찰'했다고 믿었지만, 사실은 내가 미리 정한 정답을 확인하기 위해 시장과 종목을 바라보고 있었다는 사실을 말이다. 그 순간부터 관찰의 태도를 바꾸자 조금씩 변화가 나타났다. 계좌는 서서히 회복(Recovery)했고 이제는 플러스와 마이너스를 오가며 조금씩 균형(Balance)을 찾아가고 있다.

나는 2021년 주식에 입문해 소액으로 연습하며 이것이 얼마나 어려운 공부인지를 절감했다. 이후 2년간 투자 관련 서적을 100권 넘게 읽으며 이론(Theory) 공부에 몰두했지만 현실(Reality)은 책과 달랐다. 이론과 실제의 벽은 상상 이상으로 높았다. 교과서대로 투자했음에도 계좌는 곤두박질쳤다. 그제야 시장은 교과서가 아니며, 시장에는 기존의 공식이 통하지 않는다는 것을 깨달았다. 평생 유통업에 종사하며 상품의 선도거래(Forward Transaction)와 도매 유통을 해왔기에 주식 시장이 그와 닮아 있다는 것을 알면서도, 실제 대응에서는 이를 실천하지 못했다. 가격의 결정권(Pricing Power)은 내가 아니라 시장(Market)에 있음에도 나는 관찰자가 아닌 판단자(Judge)로 행동하고 있었던 것이다. 미래의 가치를 단지 몇 개의 차트와 재무제표(Financial Statements), 사업보고서 몇 문장으로 예단하려 한 것이 큰 착각이었다.

미래의 가격 결정권은 현재에 있지 않고 미래의 시간 속에 존재한다. 미래의 시장에서 경쟁사가 얼마나 남을지, 공급 과잉이나 수요의 급변이 일어날지 그 어떤 것도 숫자나 그래프로 완벽히 예측할 수 없다. 그것은 오리알과 달걀을 구분하는 일보다 훨씬 복잡한 일이다. 나는 매일 300페이지 이상의 활자를 읽으며 그중 100페이지는 시장 관련 서적에, 나머지는 인문학(Humanities)과 철학, 시집 등 다양한 장르에 할애한다. 이 모든 독서의 목적은 관찰 대상을 정확히 파악하고 본질(Essence)을 읽어내는 눈을 기르는 데 있다. 또한 21일이 지나도 병아리가 부화하지 않는다면 즉시 그것이 오리알임을 인정할 수 있는 유연한 마음을 준비한다. 관찰은 자신의 생각을 내려놓을 때 비로소 정확한 움직임을 포착할 수 있다.

보다 나은 내일을 위해 관찰하고자 한다면 '집중(Focus)'하고 '지속(Continuity)'하라. 미래의 시간을 언제나 빈 도화지처럼 남겨두어야 한다. 그 위에 스케치를 하고 싶다면 연필과 지우개(Eraser)를 사용하라. 볼펜으로 그리면 다시 지울 수 없듯, 지울 수 없는 경직된 결정은 당신의 미래에 큰 상처를 남길 수 있다. 진정한 관찰의 고수(高手)는 '바라봄'을 실천하는 사람이다. 세상의 모든 이치는 그저 바라볼 수 있는 경지에 올랐을 때 비로소 드러난다. 사람의 마음도, 사물의 본질도, 자신의 삶 또한 다르지 않다. '바라봄', 이 한마디 속에 모든 관찰의 시작과 끝이 있다.

슬기로운 분노생활

'분노'라는 감정이 조절되지 않는 상태를 우리는 분노 조절 장애(Anger Management Disorder)라고 부른다. 병원 치료가 필요할 만큼 심각한 수준이 아니더라도, 많은 사람은 자신 안에서 일어나는 분노를 어떻게 다루어야 하는지 알지 못한 채 그 감정의 노예(Slave)로 살아가고 있다. 불교에서는 인간의 마음을 병들게 하는 세 가지 독을 탐·진·치(貪·瞋·癡), 즉 삼독심(三毒心)이라 부른다. 그중 두 번째가 바로 '진심(瞋心)', 즉 분노다. 수많은 수행법이 이 분노심을 억제하거나 없애는 데 초점을 맞추고 있지만, 일반인이 분노가 완전히 사라진 상태를 경험하는 것은 거의 불가능(Impossible)에 가깝다. 누군가가 분노가 완전히 사라졌다고 말한다면 그 말을 그대로 믿어서는 안 된다. 분노가 완전히 사라진 사람은 이미 죽은 사람이나 다름없다. 살아 있는 한 인간은 분노로부터 결코 완전히 자유로울 수 없다는 사실을 먼저 인정(Recognition)해야 한다.

우리는 어떤 문제가 생기면 '그 문제를 어떻게 없앨 것인가'에만 집중하며, 문제를 초월한 사람을 위인이라 여기곤 한다. 그러나 그것은 착각이다. 불교에서 말하는 삼독심은 없애야 할 대상이 아니라 사람이 살아 있는 동안 자연스럽게 흘러가는 물의 흐름 같은 에너지(Energy)다. 과학의 에너지 보존의 법칙(Law of Conservation of Energy)이 말하듯, 일어난 에너지는 사라지지 않고 단지 형태를 바꿀 뿐이다. 따라서 분노를 완벽히 통제(Control)하려 한다면 머지않아 화병(火病)에 걸릴 것이다. 예전 부모 세대의 여성들이 흔히 앓았던 화병은 분노를 폭발시키지 못하고 억누른 채 삭이며 살아온 결과였다. 분노 조절 장애가 제어하지 못해 생기는 병이라면, 화병은 제어만 하다 내면에 고여버린 병이다.

분노는 없애야 할 대상이 아니라 조절해야 할 에너지다. 분노를 억제하려 애쓰기보다 그 에너지가 밖으로 나오는 속도(Speed)를 조절하는 장치를 마음속에 만들어 두는 편이 훨씬 현명하다. 분노는 다양한 이유로 발생하며, 과거의 상처나 어린 시절의 기억이 잠재의식(Subconscious) 속에 묻혀 있다가 특정한 상황을 만나면 폭발하기도 한다. 지그문트 프로이트(Sigmund Freud)는 이 숨겨진 감정을 '수면 아래의 빙산'으로 비유했다. 빙산의 90%가 눈에 보이지 않듯 우리의 분노도 대부분 의식 아래 깊이 잠들어 있다.

대부분의 사람은 분노가 일어나는 순간에야 화가 났음을 인식한다. 그러나 그때는 이미 늦었다. 분노에는 브레이크(Brake)가 없기 때문이다. 따라서 분노에 브레이크를 다는 법을 배워야 한다. 그 첫 번째 훈련은 알아차림(Mindfulness/Awareness)이다. 분노가 일어나는 그 순간, "지금 나는 화가 나고 있다"는 사실을 즉시 자각하는 것이다. 두 번째는 속도 조절이다. 가장 단순하고 효과적인 방법은 일단 멈춤(Pause)이다. 분노가 일어나면 대개 언성이 높아지고 말이 거칠어지며 대화는 전쟁(War)이 된다.

필자가 자주 사용하는 방법은 분노가 일어나는 순간 단 한 번 깊게 호흡(Breathing)을 내쉬는 것이다. 그 한 번의 호흡이 분노의 속도를 조절하는 장치가 되어준다. 또 다른 방법은 분노하고 있는 나 자신을 바라보는 훈련이다.

일어난 분노를 바라볼 수 있다면 분노와 나 사이에 거리(Distance)가 생긴다. 그 거리만큼 분노는 약해지고 표출 속도는 느려진다. 삼독심은 없애야 할 것이 아니라 다스려야 할 것이다. 이 사실을 깨닫는 순간 분노는 더 이상 당신을 해치지 못하며, 당신 또한 그 분노로 타인을 해치는 일에서 한 걸음 멀어질 것이다. 분노를 없애려 하지 말고 속도를 조절하라. 그때 비로소 당신의 마음은 자유(Freedom)로워진다.

창조하는 인생

사람이 한평생을 살면서 자신이 원하는 방향으로 삶을 이끌어가지 못하는 가장 큰 이유 중 하나는 무지(無知, Ignorance)로 인한 무명(無明, Avidya) 때문이다. 이 무명이 우리의 삶을 고통의 골짜기에서 헤매게 만든다는 사실을 먼저 알아차려야 한다. 대부분의 사람은 자신의 무지를 알려고 하지도, 인정하려 하지도 않는다. 그리고 자신의 고통이 어디서 비롯되었는지 알지 못한 채 그 원인을 늘 밖에서 찾는다. 나라는 존재의 불행을 나라 탓으로, 부모 탓으로, 혹은 직장 상사 탓으로 돌린다. 가정환경이나 물려받지 못한 유산, 세상의 불공평(Inequality)을 탓하면서 결국 자신이 만들어낸 삶의 어둠을 타인에게 전가한다.

세상에는 아는 것이 많아 행복한 사람보다 아는 것이 많음에도 불행한 사람이 훨씬 더 많다. 아는 것이 많다는 것은 무지하지 않다는 뜻이고, 그렇다면 무명에서 벗어난 상태일 터인데 그들은 왜 여전히 불행할까? 그 이유는 간단하다. 그들이 '안다'고 믿는 것이 진정한 앎이 아니기 때문이다. 신문이나 유튜브(YouTube), 뉴스, 인스타그램 등에서 짧은 문구 하나를 읽고 그것을 안다고 착각한다. 그러나 그것은 지식의 소비(Consumption of knowledge)일 뿐, 자신의 사유로 창조된 지식이 아니다.

창조적인 인생을 살기 위해서는 먼저 무지로부터 탈출해야 한다. 그 출발점은 자신의 무지를 발견하고 깨닫는 것이다. 이는 자신이 유식하다고, 혹은 세상의 이치를 꿰뚫고 있다고 자만하지 않는 일이다. 자신이 알고 있는 모든 지식을 스스로 점검(Check)해 보라. 그중 남의 생각을 빌려와 자기 것이라 착각한 것은 없는가? 진정한 앎이란 창조(Creation)다. 타인의 지식을 빌려오되, 그 지식을 바탕으로 자신만의 새로운 앎을 만들어냈을 때 비로소 무지는 사라진다. 맛있는 저녁을 먹기 위해 좋은 식재료(Ingredients)를 사 온 뒤 '요리를 완성했다'고 착각하는 것처럼, 우리의 지식 또한 대부분 마트에서 사 온 식재료에 불과할 때가 많다.

두부, 마늘, 고추, 차돌박이까지 맛있는 된장찌개를 만들 모든 재료를 구비했어도 그것은 요리의 시작이 아니라 준비일 뿐이다. 식재료를 사 오는 일은 타인의 지식을 빌려오는 것과 같다. 하지만 그 재료로 직접 요리를 해야 비로소 자신의 것이 된다. 요리를 하는 삶이 곧 지식을 창조하는 삶이다. 책을 읽거나 강의를 들을 때도 '듣고 있는 자신'을 놓치지 말아야 한다. 그리고 모든 지식 앞에 항상 "왜?"라는 물음표를 세워라. 그 물음표가 타인의 지식을 단순한 재료가 아닌 자신만의 지식으로 조리할 불씨가 된다. 타인이 던져준 정보를 재료 삼아 자신의 손으로 새로운 지식을 요리하는 사람, 그가 바로 지식을 창조하는 사람이다.

대부분의 사람은 '만드는 사람의 삶'과 '쓰는 사람의 삶'이 전혀 다르다는 사실을 모른다. 우리는 늘 누군가 만들어 놓은 것을 쓰는 데 익숙하며 스스로 만들어 본 적이 거의 없다. 바로 그것이 무명이다. 이 무명을 통찰(Insight)한 사람만이 지나가는 모든 시간을 창조의 시간으로 바꾼다. 하지만 지식 생산자의 삶을 사는 일이 쉽게 이루어질 것이라 착각해서는 안 된다. 큰 바다를 건너는 사람과 얕은 개울을 건너는 사람은 같을 수 없다. 큰 바다를 건너려면 타인에게 빌린 지식이라는 목재로 배를 만들어야 한다. 그러기 위해서는 타인의 지식을 배우고 쌓는 축적(Accumulation)의 과정을 게을리해서는 안 된다.

지식의 축적 없이 대양(Great Ocean)을 건널 수는 없다. 하지만 타인에게 빌린 지식은 배를 만드는 도구일 뿐, 그 배를 띄워 신대륙(New Continent)을 향해 나아가는 것은 오직 당신의 항해(Navigation)다. 그때부터 비로소 당신의 창조하는 인생이 시작된다. 남이 만들어준 빛 아래서 걷지 말고 스스로 횃불을 만들어 어둠을 건너라. 그 불빛이 바로 당신의 창조다.

모방하는 삶

모방(模倣/Imitation)하는 인생과 창조(創造/Creation)하는 인생은 겉으로 보기에는 큰 차이가 없어 보인다. 명품 짝퉁이 오히려 진짜보다 더 진짜 같아 보이듯이 말이다. 모방하는 삶은 소란스럽다. 자신이 직접 창조해낸 것이 아닌 지식을 마치 자기 것처럼 보이게 하기 위해 수많은 타인의 생각과 말을 끌어와 자신의 앎을 증명해야 하기 때문이다. 반면 창조하는 삶은 고요하다. 그 속에서 생산되는 앎은 타인의 언어나 권위에 의존하지 않는다. 그것은 자신이 직접 생산한 앎, 즉 자신의 내면에서 피어난 지혜(智慧/Wisdom)이기 때문이다.

스스로 생산한 지식과 사유는 부연 설명이 필요 없다. 그 시작과 완성의 과정을 온전히 자신이 꿰뚫고 있기에 단 한마디로도 자신의 생각을 증명할 수 있다. 이전에 없던 언어(言語/Language)를 만들어낸다는 것은 이전에 없던 생각(思考/Thought)을 만들어냈다는 것이며, 이는 곧 새로운 지식을 창조했다는 뜻이다. 그렇게 태어난 언어야말로 당신이 창조한 당신 삶의 언어다. 그러기 위해서는 스스로에게 끊임없이 물어야 한다. 자신의 삶, 세상, 죽음, 그리고 사람들이 '당연하다'고 말하는 모든 것들에 대해 치열하게 질문(質問/Question)해야 한다.

대부분의 사람은 질문을 질문으로 끝내지만, 창조하고자 하는 사람은 질문을 창조의 시작점으로 바꾼다. 진정한 질문이란 이미 그 속에 답을 품고 있기 때문이다. 그 질문은 꼭 사람에게만 하는 것이 아니다. 우주의 모든 지혜는 사람을 통해서만 흐르지 않는다. 바람, 돌, 나무, 물, 별 속에서도 세상의 이치(理致/Principle)를 배울 수 있다. 옛 선지자(先知者/Prophet)들인 부처, 노자, 장자, 공자, 예수, 소크라테스의 스승이 누구인지 아무도 모르는 이유는 그들이 스스로의 깨달음을 창조했기 때문이다. 창조란 이전에 없던 것을 만들어내는 일이다. 일론 머스크(Elon Musk), 스티브 잡스(Steve Jobs), 빌 게이츠(Bill Gates)가 세상에 없던 기술과 연결을 만들어낸 것처럼, 그들도 모두 창조의 언어로 세상과 대화한 사람들이다.

우리는 그들이 만들어낸 세계 속에서 창조물을 소비(消費 Consumption)하며 살고 있다. 만드는 일보다 쓰는 일이 훨씬 쉽기 때문이다. 글을 쓰는 일보다 읽는 일이 쉽듯이, 창조는 언제나 불편함과 고독(孤獨/Solitude)을 동반한다. 글을 쓴다는 것은 창조하는 일이다. 타인의 생각이라는 재료를 빌려와 자신만의 문장과 사유를 만들어내는 것이다. 찰흙(Clay)이라는 같은 재료로 누군가는 기와를, 누군가는 옹기를, 누군가는 도자기를 빚는다. 재료는 같지만 결과물은 모두 다르며, 그 차이가 바로 창조의 흔적(痕迹/Trace)이다. 도자기 찻잔이 장인의 손에서 새로운 생명을 얻듯, 창조하는 삶은 주변의 평범한 것들을 새로운 시선으로 바라보고 이전에 없던 의미를 발견하는 일이다.

그 모든 시작은 통찰(洞察/Insight)에서 비롯된다. 통찰이란 어떤 대상을 오랫동안 미친 듯이 바라보는 꾸준한 바라봄이다. 사랑에 빠진 사람이 온종일 상대의 마음을 얻을 방법을 생각하듯, 통찰은 열정의 집중이다. 눈을 뜨면 우리는 어제까지 없던 새로운 기술 혁명을 마주한다. 세상은 여전히 미지(未知/Unknown)로 가득하다. 그러니 "이제는 다 알고 있다"는 착각(錯覺/Illusion)

을 버려야 한다. 그 착각이야말로 당신의 창조를 막는 가장 큰 장벽이다. 세상을 향한 질문을 멈추지 않는 한 당신의 창조도 멈추지 않으며, 당신의 삶은 끊임없이 새로워질 것이다.

"묻는 한, 당신은 살아 있다. 묻기를 멈추는 순간, 당신의 창조도 멈춘다."

아는 것의 힘

많은 사람이 '창조'라는 단어를 떠올릴 때, 이전에 존재하던 지식은 쓸모없고 오직 새롭게 만들어진 것만이 가치 있다고 착각한다. 그러나 그 어떤 창조(創造/Creation)도 이전의 지식을 기반으로 이루어진다. 과거의 지식을 완전히 무시한 창조란 존재하지 않는다. 흔히 지식은 하찮고 창조는 대단하며, 지식은 평범하고 지혜(智慧/Wisdom)는 고귀하다고 생각한다. 하지만 인류 역사 속 위대한 선지자 중에서 지식의 양이 빈약했던 사람은 단 한 명도 없다. 공자(孔子) 또한 방대한 고전 지식을 두루 섭렵했고, 노자(老子)는 심지어 도서관의 관장이었다. 수많은 철학자와 사상가들은 모두 지식의 깊이와 폭이 비범했다. 그들은 엄청난 지식의 토대(土臺/Foundation) 위에서 비로소 새로운 세상의 문을 열고 창조를 완성했다.

세상의 어떤 요리사도 식재료(食材/Ingredients) 없이 요리를 만들 수는 없다. 좋은 재료를 고르는 눈이 이미 요리의 절반을 성공시킨다. 최상의 식재료를 찾아야 최상의 요리가 완성되듯, 우리 역시 지식을 섭렵할 때 어떤 지식을 선택할 것인가에 대해 깊이 판단(判斷/Judgment)해야 한다. 세상에는 지식이 넘쳐나지만, 그중에는 사람을 현혹하는 감언이설이나 근거 없는 정보, 가십(Gossip)과 유언비어처럼 무의미한 것들도 많다. 그런 지식의 양이 아무리 많아져도 새로운 창조에는 전혀 도움이 되지 않는다. 그래서 필요한 것이 바로 지식을 골라내는 지혜다.

지식을 골라내는 지혜란 지식을 습득하기 전과 후의 자신을 관찰(觀察/Observation)하는 일이다. 지식을 배우기 전의 나와 배운 후의 내가 달라졌는가? 만약 달라진 것이 없다면 그것은 지식이 아니라 잡음(Noise)일 뿐이다. 지식을 얻는 방법은 다양하다. 책을 읽거나 유튜브(YouTube)를 볼 수도 있고 강의를 들을 수도 있다. 그런데 어떤 이는 로맨스 소설이나 무협지, 판타지 같은 오락적 장르에만 침잠한다. 반면 다른 이는 과학, 인문학, 역사, 철학, 예술, 그리고 위대한 인물들의 전기(傳記/Biography)를 꾸준히 읽는다. 이 두 사람이 각각 천 권의 책을 읽었다고 가정해 보자. 읽기 전의 자신과 읽은 후의 자신이 조금도 달라지지 않았다면, 그것은 단순한 정보 소비(消費/Consumption)에 불과하다. 진정한 지식의 습득은 나를 변화시키는 앎이어야 한다.

미디어를 통해 배우는 것도 마찬가지다. 과학 다큐멘터리나 인문학 강의처럼 양질의 콘텐츠(Contents)가 아니라 먹방, 연예인 가십, 출처 불명의 정보에 시간을 낭비하면서 지식이 늘어나길 바랄 수는 없다. 그런 정보의 축적은 창조의 에너지(Energy)를 조금도 키워주지 않는다. 우리는 가벼운 정보와 잡담에 너무 많은 시간을 허비하며, 남의 말을 베껴 갑론을박(甲論乙駁)하는 것을 똑똑함이라 착각하곤 한다. 그러나 그것이 당신의 창조와 무슨 상관이 있겠는가. 진정한 창조는 사실 복사(復寫/Copy)에서 시작된다.

일본의 사상가 사이토 다카시는 저서 『일류의 조건』에서 "지식의 축적은 곧 창조의 씨앗"이라고 말했다. 양질의 지식을 복사하고 축적(蓄積/Accumulation)하는 과정에서 창조의 에너지가 생겨난다. 창조의 에너지는 하늘에서 갑자기 떨어지는 것이 아니다. 지루함을 견디며 끊임없이 배우고, 깊이 읽고, 사유(思惟/Speculation)하는 시간을 거친 사람만이 새로운 창조를 이룰 수 있다. 그것이 비록 작은 아이디어(Idea)일지라도, 넓고 깊은 지식을 바탕으로 할 때만 새로운 통찰(洞察/Insight)이 가능하다.

양질의 지식을 꾸준히 쌓아야 한다. 그 지식이 삶 속에 녹아들고 활자들이 숙성되어 새로운 언어로 재탄생할 때, 그 언어는 아이디어가 되고 상품이 되며 결국 세상을 바꾸는 창조물이 된다. 세상을 바꾸는 사람들은 모두 지식의 복제력(復製力/Copy Power)이 탁월한 사람들이었다. 지식을 단순히 베껴 외우는 것이 아니라, 그 지식을 소화하고 숙성시켜 새로운 형태로 다시 창조할 줄 아는 사람, 그가 바로 진정한 창조자다.

"창조는 무(無)에서 나오지 않는다. 양질의 지식을 끊임없이 베끼고, 그것을 스스로의 언어로 빚어낼 때 새로운 세상이 열린다."

어제와의 이별 그리고 창조

창조(創造/Creation)란 어제까지 존재하지 않았던 무언가를 만들어내는 일을 말합니다. 그래서 많은 사람은 '세상에 없던 것을 내 손으로 만들어낸다'는 말을 들으면, 그것은 특별한 사람들만의 이야기라고 생각하며 스스로 포기(抛棄/Abandonment)할 수 있는 명분을 얻곤 합니다. 물론 세상에 없던 것을 완전히 새롭게 만들어내는 일은 결코 쉬운 일이 아닙니다. 수천 년의 인류 역사 속에서 극히 일부의 사람들만이 완전한 창조의 영역(領域/Domain)에 도달했습니다.

하지만 그들이 처음부터 '세상에 없던 것'만을 목표로 삼았던 것은 아니었습니다. 그들은 단지 어제 하지 못했던 일을 오늘 해내려 했을 뿐입니다. 스티브 잡스, 일론 머스크, 니체, 노자, 장자, 그리고 박경리(朴景利) 선생에 이르기까지, 이들은 모두 자신이 어제 멈춰 섰던 자리에서 한 걸음 더 나아가려 했던 사람들입니다. 그들에게 중요한 것은 결과물이 객관적으로 세상에 없던 것인지가 아니라, 자신의 어제를 넘어선 오늘을 사는 것이었습니다. 오직 어제를 뒤로하고 오늘을 사는 사람만이 내일을 창조할 수 있습니다.

창조란 세계적으로 이름을 남길 발명품(發明品/Invention)을 만들거나 누구도 주장한 적 없는 새로운 사상(思想/Idea)을 세우는 일에만 국한되지 않습니다. 당신이 어제보다 단 한 걸음이라도 더 나은 오늘을 살고 있다면, 그것이 바로 창조된 삶입니다. 모든 사람이 헬스장에서 벤치프레스(Bench Press) 180kg을 들 필요는 없습니다. 당신이 어제까지 55kg을 들었다면, 오늘 56kg을 들어 올리는 것이 바로 당신만의 새로운 창조입니다. 창조는 타인과의 비교(比較/Comparison)가 아니라 오직 자기 자신과의 대화 속에서 이루어집니다.

세상의 어떤 들풀도 다른 생명과 자신을 비교하며 창조하지 않습니다. 각자는 자신만의 리듬(Rhythm)과 속도(Velocity)로 자신의 창조 세계를 펼쳐냅니다. 생명(生命/Life)은 매일 창조를 반복하며 살아가고, 그 창조의 에너지(Energy)가 다하는 날 비로소 죽음을 맞이합니다. 살아 있는 모든 것은 마지막 숨이 다할 때까지 끊임없이 새로운 것을 만들어냅니다.

더 나은 내일을 향한 욕망(慾望/Desire)이 당신 안의 창조 에너지로 발현(發顯/Manifestation)될 때, 그 에너지는 당신의 하루하루를 새로운 세계로 이끌 것입니다. 당신의 창조를 타인과 비교하지 마십시오. 창조는 경쟁(競爭/Competition)이 아니라 순수한 열정(熱情/Passion)의 흐름입니다. 오늘 당신이 만들어낸 그 작은 변화와 창조는 세상 누구의 업적보다 당신에게 더 크고 소중한 의미가 있습니다. 그것은 오직 당신만의 창조이기 때문입니다.

"창조는 거창한 발명이 아니라 어제를 넘어선 오늘의 발걸음이다."

겸손 위대한 변화

자신의 성공(成功)을 자랑하는 일은 어리석은 일이다. 많은 사람은 당신의 성공에 진심으로 관심(關心)이 없다. 오히려 당신의 성공을 시기(猜忌)하거나 질투(嫉妬)하는 사람이 훨씬 더 많다.

따라서 어떤 일에서 성공을 거두었다 하더라도 그저 담담하게, "아, 그거요? 별거 아니에요. 누구나 할 수 있는 일이에요"라고 말할 수 있어야 한다. 그렇게 말할 때 비로소 타인은 당신의 성공에 집착(執着)하지도, 당신을 시기하지도 않는다. 타인의 질투심을 자극(刺戟)하는 일은 당신의 인생(人生)에 결코 도움이 되지 않기 때문이다.

최근 우리 사회에는 이른바 관종이라 불리는 이들이 많다. 누군가의 관심을 받는 것이 곧 잘 사는 인생이라고 착각(錯覺)하는 사람들이다. 그들은 끊임없이 자신을 과시(誇示)하고 '나는 이렇게 살고 있다'는 사실을 세상에 알리고 싶어 안달이 나 있다. 하지만 당신의 삶을 온전히 이해(理解)하는 사람은 극히 드물다. 배우자, 자녀, 그리고 진정으로 시기심을 품지 않는 한두 명의 친구면 족하다.

소셜 미디어(Social Media)의 배경사진 속 세상 사람들은 모두 행복해 보이고,

그 속에서 자신만 초라하게 느껴질 때도 있겠지만 그 환상에 속지 말아야 한다. 실제의 삶은 화려하지 않다. 그저 낡은 잡지의 표지처럼 담백한 하루들의 연속일 뿐이다.

자신의 시간에 과도한 의미(意味)를 부여하려는 순간부터 삶은 고요로부터 멀어진다. 화려함을 보여주려는 욕망은 내면의 평화를 갉아먹고, 그 에너지를 낭비하게 하여 정작 자신에게 써야 할 에너지를 고갈시킨다. 타인의 칭찬과 인정으로 삶을 증명하려는 것은 목마른 사람이 바닷물을 마시는 것과 같아서, 마실수록 갈증만 깊어진다. 세상에 당신의 성공을 진심으로 축하해 줄 사람은 그리 많지 않으며, 만약 그런 이들이 있다면 그들은 이미 마음속으로 당신을 응원하고 있을 것이다.

그렇다면 언제 자신의 성공을 세상에 알려야 할까? 그것은 당신의 성공이 경제적이든 사회적이든 당신의 브랜드 밸류(Brand value)를 높이고, 삶 전체를 성장(成長)시킬 수 있는 스펙(Spec)이 될 때이다. 그러나 그 성공이 질투와 비난을 불러올 수 있다면, 당신을 지켜주는 유일한 방패(防牌)는 오직 겸손(謙遜)뿐이다. 위대한 성공을 이룬 이들에게 비결을 물으면 그들은 대개 이렇게 답한다.

"저는 그저 운이 좋았을 뿐입니다."

이 말은 단순한 겸양의 표현이 아니다. 그들의 마음에는 언제나 겸손의 근육이 단단히 자리 잡고 있다. 아무리 피나는 노력(努力)으로 얻은 결실이라도 그 앞에서 겸손한 사람은 타인의 시기를 격려로 바꿀 수 있다. 당신의 인생을 성공으로 이끌어라.

이 세상은 캐피털리즘(Capitalism) 사회이기에 정당하게 부를 쌓는 것 또한 중요한 성공의 기준이다. 그럼에도 그 비결을 묻는 말에 "그저 운이 좋았습니다"라고 미소 지을 수 있다면, 당신은 모든 시기로부터 자유(自由)로운 진정한 겸손의 사람이다.

성공의 열쇠 겸손

모든 성공한 사람들이 "나는 운이 좋았다"고 말하는 데는 이유가 있다. 진정한 성공은 실력보다 운(運)의 비중이 더 클 때가 많다는 것을, 우리는 인생의 현장에서 몸으로 체험한다.

하지만 그 운이 너무 오래 머무르면, 그것은 복(福)이 아니라 시련의 예고다. 카지노(Casino)에서 열 번 연속 돈을 따는 사람은 이미 패가망신(破家亡身)의 길을 걷고 있는 셈이다. 세상이라는 도박장은 언제나 당신에게 유리한 판을 열어주지 않는다. 인생의 성공도 마찬가지다. 우연히 이어지는 승리는 결국 추락의 예고편일 수 있다.

그러나 그 과정 속에서도 겸손(謙遜)한 사람은 나락(奈落)에 떨어질 확률이 낮다. 그는 늘 "내가 잘나서가 아니라, 단지 운이 머물렀을 뿐이다"라고 생각한다. 그리고 언젠가 그 운이 떠날 날이 있을 것임을 잊지 않는다. 스톡 마켓(Stock market)도 같다. "나는 시장을 안다"라고 말하는 순간, 시장(市場)의 칼날은 목을 친다. 시장은 하루하루 변하고 자라는 살아 있는 생물(生物)이다. 그 생물이 어디로 튈지 모른다면 어떻게 예측(豫測)할 수 있겠는가? 그러므로 시장에서 오래 살아남는 유일(唯一)한 방법은 겸손이다. "나는 모른다. 그래서 오늘도 공부(工夫)하러 간다"는 자세(姿勢)로 임하는 사람만이 시장의 생명력(生命力)

을 읽고, 그 속에서 지속 가능(持續 可能)한 이익(利益)을 얻는다.

평생 미래(未來)의 시세(時勢)를 예측하며 살아온 필자(筆者) 또한 가장 큰 위기(危機)를 맞은 때는 언제였던가. 돌아보면 언제나 "내가 시장을 좀 안다"고 착각(錯覺)했을 때였다. 바로 그때 나락은 문을 열었다. 고사성어(故事成語)에 운칠기삼(運七技三)이라 했다. 일의 성취(成就)에는 운이 일곱, 재주가 셋이라는 뜻이다. 그러나 이 말은 재주가 중요하지 않다는 뜻이 아니다. 아무리 대운(大運)이 들어왔다 해도 재주 3할이 없으면 성공할 수 없다. 그리고 그 재주 3할 중 2할은 바로 겸손이다.

겸손은 단순(單純)한 예의(禮儀)가 아니다. 겸손은 자신이 가진 행운(幸運)을 다루는 기술(技術)이며, 그 행운을 세상에 이롭게 쓰는 통로(通路)다. 성공을 원하는 사람은 운을 기다리지 말고, 운이 찾아왔을 때 마지막 퍼즐(Puzzle) 3할을 맞출 준비(準備)를 해야 한다. 그 준비의 핵심(核心)은 끊임없는 담금질이다. 그리고 그 담금질 중 가장 중요한 2할, 바로 겸손이다. 겸손이야말로 당신 인생 성공의 마지막 퍼즐임을 잊지 말아야 한다.

모른다는 것을 아는 용기

세상은 "안다"고 말하는 자에게는 문을 닫고, "모른다"고 말하는 자에게는 세상을 여는 열쇠(鑰匙)를 쥐여준다. 당신의 성공(成功)이 세상 모두로부터 찬사(讚辭)를 받을 때에도 "아닙니다, 저는 아직 모릅니다"라고 고개 숙일 줄 알아야 한다. 그 한마디가 바로 겸손(謙遜)이다.

겸손은 "나는 모릅니다"라고 말할 줄 아는 사람을 사랑한다. 그리고 그에게 운(運)을 선물(膳物)한다. 그가 그 운으로 성공했을 때, "저는 그저 운이 좋았을 뿐입니다"라고 말한다면, 겸손은 자신이 운을 맡길 대상(對象)을 잘 골랐다며 미소 짓는다. 겸손이란 자신의 성공이 온전히 자신의 것이 아님을 아는 것이다. 세상 어떤 성공도 홀로 이룰 수 없다는 것을 깨닫는 사람은 자만(自慢)에 빠지지 않는다. 작은 성공을 자신의 능력(能力)으로 돌리는 사람은 실패(失敗)했을 때 그 원인(原因)을 남 탓에서 찾는다. 마치 자신의 부족(不足)함을 감추려는 듯이 말이다.

거울을 보며 자만에 젖는 사람은 비싼 옷, 큰 집, 화려(華麗)한 차로 자신을 증명(證明)하려 한다. 그러나 진정으로 큰 성공을 이룬 사람은 거울이 아니라 창(窓)을 본다. 그리고 창밖을 가리키며 말한다. "저 사람들 덕분에 내가 여기까지 올 수 있었습니다." 우리는 아카데미 어워즈(Academy Awards) 시상식에서 수많은 배우가 상을 받고 이렇게 말하는 것을 본다. "이 영광(榮光)을 함께한 모든 사람에게 바칩니다." 그러나 입술로만 하는 겸손은 공허(空虛)하다. 진정한 겸손은 내면(內面)에서 흘러나오는 고요한 울림이다.

그 내면의 겸손이야말로 당신에게 다음 운 일곱 개를 불러오는 힘이다. 운이 가장 사랑하는 것은 겸손이며, 겸손보다 더 사랑하는 것은 "나는 모른다"라고 말할 수 있는 사람이다. 세상의 그 어떤 스승(師)도 이미 알고 있다고 하는 자에게는 가르침을 주지 않는다. 스승은 "모릅니다"라고 말할 수 있는 자에게만 지혜(智慧)의 문을 연다.

세상 모든 스승의 지혜를 얻는 방법은 단 하나, "나는 모른다"라고 말할 수 있는 용기(勇氣)다. 그 순간 모든 운이 당신에게 몰려온다. 겸손은 자신의 무지(無知)를 깨닫고 세상 앞에 머리를 숙이는 것이다.

슬기로운 탐욕

탐욕(貪慾)하는 인간이 되어라. 탐욕이 없는 사람은 자신의 인생을 더 나은 방향으로 이끌 수 없다. 세상의 모든 성장은 에너지(Energy)와 시간(Time)을 필요로 한다. 그 에너지가 바로 탐욕이다. 우리는 수많은 종교와 가르침을 통해 "탐욕은 죄악이다"라는 말을 귀에 못이 박히도록 들었다. 그러나 분명히 말하고 싶은 것은, 인간 존재의 근원적 에너지 자체가 탐욕이라는 사실이다.

니체(Nietzsche)는 그것을 윌 투 파워(Will to Power)라 했다. 힘의 작용이 곧 탐욕이며, 살아 있는 모든 존재는 그 힘의 의지를 통해 스스로의 생존을 확장시켜 나간다. 살아 있는 것은 모두 탐욕한다. 탐욕의 경쟁에서 밀려난다는 것은 곧 죽음(Death)을 의미한다. 이것은 순환(循環)의 법칙이다. 자연의 순환 속에서 탐욕으로 힘을 발휘하는 존재만이 살아남는다. 지식을 쌓는 행위 또한 무지(無知)를 벗어나 성장하고자 하는 탐욕에서 비롯된다. 그 지식 위에 지혜(智慧)의 문을 열고 통찰을 얻고자 하는 것도 탐욕이다. 심지어 모든 것을 내려놓고 무위자연(無爲自然)으로 돌아가고자 하는 마음조차 그 본질은 또 다른 형태의 탐욕이다.

우리의 모든 생각이 비춰지는 거울은 탐욕이다. 그러므로 중요한 것은 탐욕을 없애는 것이 아니라, 탐욕을 슬기롭게 다루는 일이다. 탐욕이 자신과 세상 모두에게 이롭게 작용하도록 사용하는 방법을 배워야 한다. 가장 먼저 명심해야 할 것은, 탐욕은 없애거나 버려야 할 대상이 아니라는 점이다. 불교에서 말하는 삼독심(三毒心) 중 하나인 탐욕 역시 그 자체가 독(毒)이라기보다, 어떻게 다루느냐에 따라 독이 되기도 하고 약이 되기도 한다.

무지한 사람이 "지혜로워지고 싶다"는 탐욕이 없다면 그는 영원히 무지 속에 머물 것이다. 가난(貧)한 사람이 "부자가 되고 싶다"는 탐욕이 없다면 그는 평생 가난의 굴레에서 벗어날 수 없다. 여기서 말하는 가난이란 단지 돈의 많고 적음이 아니다. 지식의 가난, 용기의 가난, 꿈의 가난, 사랑의 가난 - 이 모든 결핍(缺乏)은 자신의 삶을 스스로 선택할 힘이 없는 상태를 말한다. 우리는 어떤 행위든 탐욕해야 한다. 사랑도 탐욕해야 하고, 봉사도 탐욕해야 하며, 희생도 탐욕해야 하고, 돈도 탐욕해야 한다.

그 모든 탐욕이 세상을 움직인다. 세상을 있는 그대로 바라보라. 그 어떤 성자(聖者)나 종교 지도자도 탐욕이 없이는 깨달음(覺悟)에 이를 수 없었다. 열반(涅槃)에 들고자 하는 마음조차 결국 탐욕이다. 탐욕이란 지금 히어(Here)에서 또 다른 데어(There)로 건너가고자 하는 에너지다. 그 에너지가 우리를 변화시키고 성장하게 한다. 탐욕은 인생을 움직이는 궁극의 에너지다. 그러니 당신의 탐욕을 두려워하지 말고, 그것을 슬기롭게 길들이라. 슬기로운 탐욕생활, 그것이 당신의 삶을 지금 여기에서 당신이 바라던 그곳으로 이끌 것이다.

탐욕 그 긍정의 힘

아침에 눈을 뜨는 순간, 당신의 에너지(Energy)는 어디론가 향해 탐욕(貪慾)을 발동시킨다. 그 방향(方向)이 어디를 향하고 있는지 잘 살펴보라. 만약 당신의 탐욕이 정확한 좌표를 향하고 있다면, 그 탐욕은 당신의 인생을 한 단계 더 업그레이드(Upgrade)시키고 당신을 더욱 자유로운 프리덤(Freedom)으로 이끌 것이다. 하지만 그 방향이 어긋나 있다면, 탐욕은 당신 자신을 끌고 나락(奈落)으로 떨어뜨릴 것이다.

탐욕은 잘못이 없다. 세상의 모든 생명체(生命體)가 워터(Water) 없이 살 수 없지만, 그렇다고 모두가 홍수(洪水)를 바라지는 않는다. 홍수가 재앙(災殃)이 되는 것은 물 자체의 잘못이 아니다. 젖소가 물을 마시면 밀크(Milk)를 만들고, 독사(毒蛇)가 물을 마시면 포이즌(Poison)을 만든다. 똑같은 물을 마신 풀이라도 어떤 것은 독초(毒草)가 되고 어떤 것은 약초(藥草)가 된다. 이것 역시 물의 잘못이 아니다.

탐욕도 마찬가지다. 그것이 선(善)이 될지 악(惡)이 될지는 탐욕이 어디를 향하느냐에 달려 있다. 슬기로운 탐욕생활(貪慾生活)이란 탐욕이 가져다주는 달콤한 열매를 올바르게 길러 그 열매를 세상에 이롭게 사용하는 지혜(智慧)다. 돈을 많이 벌고자 하는 것은 탐욕이다. 그러나 그 돈을 어디에, 어떻게 쓰느냐에 따라 그 탐욕은 독(毒)이 되기도 하고 약(藥)이 되기도 한다. 그러므로 돈을 벌고자 하는 탐욕 자체는 결코 죄가 아니다.

학문(學問)을 향한 욕망이 없다면 어떻게 수학 공식을 외우고 영어 단어를 익히겠는가? 불도를 닦는 사람이 성불(成佛)하고자 하는 탐욕이 없다면 어찌 부처(佛)가 되겠는가? 세상의 모든 움직임은 탐욕으로부터 시작된다. 탐욕은 생명(生命)의 줄기이며, 존재를 움직이는 근원적 에너지(Energy)다.

당신의 탐욕이 어디를 향하고 있는지 늘 살펴라. 그리고 그 탐욕의 끈을 단단히 붙들어라. 그 끈이야말로 당신을 지금 이 세계에서 당신이 바라는 어나더 월드(Another World)로 건너게 하는 동아줄이다. 필자 또한 더 나은 글을 쓰고자 하는 탐욕이 없다면 지금 이 글도, 10년 뒤의 글도 한 발짝도 앞으로 나아가지 못할 것이다.

탐욕은 당신의 오늘을 살찌우고, 내일의 당신을 성장(成長)시키는 가장 강력한 에너지다. 탐욕을 두려워하지 마라. 그것을 지혜롭게 다스리라. 탐욕하는 인간이 되어라. 그것만이 당신이 원하는 삶을 완성(完成)할 수 있는 유일한 길이다.

건강한 삶

건강하다고 하는 것에는 명확한 기준이 없다. 그러나 사람들이 살아가며 가장 간절히 바라는 것, 삶의 근본(根本)이 되는 가치(價値) 중 하나는 단연 건강(健康)이다. 왜냐하면 건강하지 못한 삶은 자신만의 고통(苦痛)으로 끝나지 않고 자신을 둘러싼 수많은 사람에게도 고통과 부담(負擔)을 나누게 하기 때문이다. "긴 병에 효자(孝子) 없다." 병약한 사람과 함께 살아간다는 것은 건강한 이에게조차 큰 인내(忍耐)를 요구한다. 끝없는 간호 속에서도 미소를 잃지 않는 사람은 이미 도(道)를 닦은 사람일지도 모른다. 그래서 사람이 생존하는 동안 가장 신경 써야 할 덕목(德目) 중 하나가 바로 건강한 삶이다. 그것이 무너지면 삶 전체의 균형(Balance)이 무너진다.

건강의 기준이 명확하지는 않지만 필자가 생각하는 건강의 핵심은 균형이다. 과유불급(過猶不及), 즉 지나침은 모자람만 못하다. 필자 역시 철인 3종 경기(Triathlon)를 하던 시절 거의 국가대표(國家代表) 선수촌 수준으로 운동에 몰두했다. 삶이 운동이 되고, 운동이 삶이 되었다. 그래서 스스로 만들어낸 사자성어, 운생운사(運生運死) - "운동을 위해 살고, 운동을 위해 죽는 사람들."

그러나 세월이 흘러 과도한 운동으로 무릎이 상하고 몸이 경고음을 보내기 시작했다. 이제는 일주일 평균 4시간 내외의 운동만 한다. 그제야 깨닫는다. 운동에도 중독(Addiction)이 있다는 것을. 중독의 가장 무서운 점은 스스로 중독되어 있다는 사실을 인식(認識)하지 못한다는 것이다. 알코올 중독자도, 도박 중독자도 처음엔 자신이 중독이라 인정하지 않는다. 운동도 마찬가지다. "건강을 위해 운동한다"고 말하지만 어느 순간부터는 "운동을 위해 건강을 핑계(Excuse)로 삼고 있는" 자신을 발견하게 된다면, 그건 이미 중독의 경계선에 서 있는 것이다.

운동은 타인과의 친목, 친구나 연인과의 유대(紐帶), 건전한 오락(Entertainment)의 수단이 될 수 있다. 하지만 그것이 도를 넘어서 오히려 건강을 해치고 삶의 균형을 무너뜨린다면 한 번쯤 자신을 돌아보아야 한다. 사람의 모든 행위는 두 가지 이유에서 출발한다. 첫째, 나 자신의 행복(幸福)을 위해서. 둘째, 함께하는 사람들의 행복을 위해서. 이 두 방향이 어긋날 때, 그 행위는 불균형에 빠진다. 운동 또한 마찬가지다. 행복하고 건강한 삶을 위해 하는 운동이 오히려 건강을 해치고 행복을 멀어지게 만든다면 그건 건강한 삶의 역설(Paradox)이다.

진정한 건강은 근육(筋肉)의 두께가 아니라 몸과 마음, 관계와 삶의 균형 속에서 피어나는 것이다. 오늘 당신의 운동과 생활을 돌아보라. 그 균형이 깨어지지 않았다면 당신은 이미 건강한 사람이다. 건강은 몸의 조화이자, 마음의 평형(Equilibrium)이다. 그 평형을 지키는 것, 그것이 곧 슬기로운 삶의 시작이다.

조화로운 삶

건강검진(健康檢診)을 받으면 결과지는 우리 몸의 기능을 숫자로 보여준다. 혈압은 120/80이면 정상, 공복 혈당은 100 미만이면 정상이라 말한다. 이렇게 수치(數値)로 정해진 기준 속에서 우리는 정상(正常)과 비정상(非正常)을 구분하고, 수치가 벗어나면 약을 처방받는다. 그러나 생각해 보라. 정상인의 맥박은 1분에 평균 75회지만, 심폐지구력(Aerobic Endurance)이 뛰어난 마라톤 선수의 맥박은 40회를 넘지 않는다. 수치로 보면 비정상이지만 그들을 병자(病者)라 부르지는 않는다. 건강(健康)이란 단순히 수치로 표현되는 것이 아니다. 몸과 마음, 그리고 그 둘을 연결하는 모든 기능이 걸림 없이 조화(調和)롭게 작동하는 상태, 그것이 진정한 건강이다.

기계(機械)로 비유하자면 어디 하나 고장 없이 매끄럽게 돌아가는 상태를 우리는 "상태가 좋다"고 말한다. 신체도 마찬가지다. 그러나 신체의 건강만큼 중요한 것이 바로 정신(精神)의 건강이다. 몸이 자동차의 차체라면 정신은 그 차를 움직이는 엔진(Engine)이다. 자동차의 성능(性能)은 엔진의 성능으로 평가되듯, 인간의 삶의 질 또한 정신의 성능으로 결정된다. 요즘 전기차 시대에는 엔진 대신 배터리(Battery)와 모터(Motor)의 성능이 자동차의 가치(價值)를 정한다. 그렇다면 우리 인간에게 있어 배터리와 모터에 해당하는 것은 무엇일까? 그것은 바로 정신력(精神力)과 의지(Will)다.

정신이 건강한 사람은 거친 길을 달려도 쉽게 흔들리지 않는다. 자율주행 (Autonomous Driving) 자동차가 스스로 위험을 감지하고 회피하듯, 정신적으로 성숙(成熟)한 사람은 삶의 위기와 고통을 스스로 감지하고 조절할 수 있다. 삶의 운전대를 스스로 쥐고 자율(自律)적으로 방향을 조정할 수 있는 사람, 그가 바로 정신적으로 건강한 사람이다.

사람은 누구나 정신 세계를 가지고 태어나지만 그 수준(水準)과 기능은 모두 다르다. 누군가는 쉽게 흔들리고, 누군가는 폭풍 속에서도 고요하다. 자동차의 성능이 출고가로 결정되듯 정신의 성능도 타고난 기질(氣質)로만 결정될 것 같지만, 인간의 정신은 언제든 업그레이드(Upgrade) 가능하다. 그것이 인간이 가진 가장 위대한 가능성(可能性)이다.

정신의 건강은 확장성(Expansion)이다. 한계(限界)를 스스로 정하지 않고 포텐셜(Potential)을 무한히 열어둘 때 정신은 성장한다. 당신의 정신 세계를 자율주행 5단계로 끌어올려라. 외부의 충격이나 유혹에도 흔들리지 않고 스스로 삶의 방향을 통제(統制)할 수 있는 상태, 그것이 곧 정신의 완성(完成)이다. 건강한 삶이란 몸의 균형과 정신의 자율이 만난 상태다. 그때 비로소 당신의 삶은 걸림이 없고 그 어떤 고난(苦難)도 당신을 멈추게 하지 못한다. 몸은 바탕이고 정신은 중심이다. 그 두 축이 균형을 이룰 때 당신은 진정으로 건강한 인간(Healthy Human Being)이다.

존중할 줄 안다는 것은

모든 사람이 그런 것은 아니지만, 대체로 사람은 인정(認定)받고 싶은 욕구, 그리고 존경(尊敬)과 존중(尊重)을 받고 싶은 마음을 지니고 있다. 그러나 그 욕구를 타인(他人)의 시선 속에서 채우려 하면 그것은 끝없는 갈증이 된다. 왜냐하면 대부분의 사람은 남의 장점을 칭찬하기보다는 단점을 찾아내어 비난하는 데 더 능숙하기 때문이다. 인류가 인지혁명(Cognitive Revolution) 이후 얻게 된 능력 중 하나가 바로 가십(Gossip)이다. 하지만 이 능력은 타인의 덕을 기리는 데 쓰이기보다 결함을 들추고 허물을 말하는 쪽으로 발달했다. 그만큼 인간은 타인의 칭찬보다 비판에 더 민감하게 반응하는 존재다. 그럼에도 불구하고 진정으로 존중받는 사람은 자신의 가치를 타인의 평가에 의존하지 않는다. 그는 스스로를 존중하고, 자신의 내면에서 존엄의 기준을 세운다.

스스로를 존중하는 사람은 타인의 눈에 "좋은 사람"으로 보이려 하지 않는다. 남이 바라보는 기준에 맞추어 살다 보면 자신은 점점 사라지고, 남의 시선만이 남게 된다. 그러므로 타인의 기대에 맞추어 사느라 자신의 삶을 낭비하지 말라. 아무리 애써도 우리는 타인의 생각을 통제할 수 없고, 그들의 시선을 지배할 수 없다. 결국 인간은 자신의 인생(人生)만을 진정으로 살아갈 수 있을 뿐이다. 스스로를 존중하며 사는 사람 곁에는 묘한 향기(香氣)가 흐른다. 그는 자신을 함부로 대하지 않기에 타인에게도 함부로 하지 않는다.

사람의 가치는 외부에서 주어지는 것이 아니다. 비싼 옷이나 고급 차가 만들어 주는 것도 아니다. 그것은 스스로의 내면에서 만들어지고 자기 자신을 존중하는 태도에서 피어난다. 인간관계의 필링(Feeling)은 돈으로 살 수 없고 인위적으로 꾸며낼 수도 없다. 진정한 존중은 내가 나를 대하는 방식이 타인에게 스며드는 것이다. 한편 자기존중(Self-respect)을 잘못 이해하면 자칫 자기애(自己愛)와 혼동하기 쉽다. 둘의 차이는 명확하다. 자기애는 타인의 시선을 중심에 두지만, 자기존중은 자신의 중심(中心)으로부터 출발한다.

타인의 눈을 의식하지 않는 사람은 스스로를 화려하게 포장할 이유가 없다. 그의 삶은 꾸밈없고 담백하다. 편안한 반바지에 슬리퍼를 신고 동네를 거니는 모습처럼 자연스럽다. 자신을 존중하는 삶을 살아라. 그 삶은 무향지풍(無香之風)과 같다. 만리를 흘러가도 지치지 않고 세상 모든 이가 그 냄새를 맡아도 싫어하지 않는다. 그 향은 조용하지만 오래 남는다. 진정한 존중은 자신을 존중할 줄 아는 사람에게서 시작된다.

바꾸는 것과 녹아드는 것

자신의 고통(苦痛)이 외부에서 온다고 믿는 사람은 세상의 무언가를 바꾸면 고통에서 벗어날 수 있다고 착각한다. 그래서 그는 기회만 있으면 누군가를 지적(指摘)하고 타인을 자신의 뜻대로 바꾸려 한다. 그러나 그것은 하늘에 주먹질을 하는 공권타천(空拳打天)과 다를 바 없다.

어릴 적 우리는 친구를 내 입맛에 맞게 바꿀 수 있다고 생각했다. "야, 너는 말이야, 이것만 고치면 정말 멋진 사람인데"라는 말 속에는 타인을 바꾸려는 욕망이 숨어 있다. 그러나 그 결과는 언제나 같다. 친구가 바뀌는 것이 아니라 친구를 잃을 뿐이다. 조금 더 자라 결혼을 하고 자식을 낳으면 이번에는 자식을 내 기준에 맞게 바꾸려 든다. "이렇게만 하면 좋은 아이가 될 텐데"라고 기대하지만 그것은 부모의 착각일 뿐이다. 아이의 인생은 부모의 것이 아니라 아이 자신의 것이다. 그 인생이 꽃가마 위의 길이든 고통의 길이든 선택의 책임은 오롯이 아이에게 있다.

세상에서 가장 부질없는 일이 있다면 그것은 타인을 바꾸려는 일이다. 모두가 알고 있지만 실제로 그렇게 살지 못하는 이유는 자신의 시선을 밖으로만 돌리기 때문이다. 대부분의 다툼은 바꾸려는 마음에서 비롯된다. 애초에 맞지 않는 사람이라면 바꾸려 하지 말고 인연(因緣)을 맺지 않는 편이 낫다. 억지로 맞추려다 상처받느니 차라리 거리를 두는 것이 현명하다.

타인은 바꿀 수 없다. 단지 자신의 의지(意志)로 스스로 변할 수 있을 뿐이다. 책 한 권, 종교의 교리, 누군가의 말이 사람을 완전히 바꾸는 일은 드물다. 하지만 그것들이 내면의 결심을 일깨우는 불씨가 되어 실천(實踐)으로 이어질 때 비로소 사람은 변화하고 진화(進化)한다. 습관이 바뀌지 않으면 인생도 바뀌지 않는다. 매일 마시던 술을 끊지 못하고 담배를 놓지 못하며 티브이(TV)를 붙잡은 채로 새로운 삶을 살고 싶다고 말하는 것은 모순(矛盾)이다. 변화는 타인이 대신해 줄 수 없다. 오직 나 자신, 즉 셀프(Self)만이 바꿀 수 있다.

만약 타인에게 변화의 영향을 주고 싶다면 말하지 말고 직접 보여주어야 한다. 부모가 책을 읽지 않으면서 자식에게 독서를 강요할 수 없고, 티브이 앞에 앉은 사람이 아이에게 공부하라고 말할 수도 없다. 지적이나 간섭이 아니라 삶 속에서 녹아드는 모범(模範)이 사람을 움직인다. 시간이 흐르며 친구가 닮아가고 부모와 자식이 닮아가며 부부가 서로 닮아가는 이유가 바로 그것이다. 보여지는 것이 마음에 스며들고 스며든 것이 결국 변화를 만든다.

진정한 변화는 바꾸는 것이 아니라 녹아드는 것이다. 그렇게 녹아드는 삶 속에서 당신도 누군가에게 선한 영향력이 되고 누군가의 변화의 시작점이 된다. 변화(變化)는 외부의 힘이 아니라 내면의 깨달음에서 비롯된다.

확률(確率)

중학생인 필자는 시험을 볼 때마다 항상 확률(確率) 20%, 즉 오지선다형 (Multiple-choice)의 구조를 기준으로 공부를 한다. 다섯 개의 보기 중 단 하나가 정답이고, 시험이란 결국 그 하나를 찾아내는 과정이다. 가장 좋은 방법은 명확하다. 공부가 충분히 되어 있다면 다섯 중 하나의 정답을 정확히 찾아낼 수 있다. 그것이 퍼펙트 스킬(Perfect Skill)이다.

하지만 공부가 아직 어중간할 때는 정답일 가능성이 희박한 것부터 하나씩 제외하고, 남은 보기들 중에서 깊이 생각해 하나를 고른다. 마지막에 두 개의 보기만 남았다면 확률은 50%, 세 개라면 33.3%다. 이처럼 확률은 지식의 정도에 따라 점점 명확해지거나 희미해진다. 필자의 꿈은 모든 과목 100점이다. 물론 그것은 희망에 가까운 목표일지도 모른다. 그러나 희망을 버리지 않고 조금씩 다가가면 비록 올백은 아닐지라도 그 거리는 점점 좁혀질 것이다.

그런데 문득 이런 생각이 든다. 세상살이가 시험처럼 오지선다형으로 정답이 명확히 정해져 있다면 얼마나 좋을까? 하지만 세상은 그렇지 않다. 세상은 정답이 없는 문제로 가득 차 있다. 우리는 매일 '정답'을 찾기 위해 정보(情報)를 모으고, 예측을 세우고, 확률을 계산하며 살아간다. 그것이 투자(投資)이든 진로(進路)이든 인간관계이든 말이다. 사람들은 미래를 대비하며 늘 말한다. "케

이스 오브 파서빌리티스(Case of possibilities)를 준비하라.” 그래서 수많은 시나리오를 만들고 실패하지 않기 위한 매뉴얼(Manual)을 쌓아두며, 자신이 충분히 대비되어 있다고 믿는다. 그러나 그 믿음은 종종 착각(錯覺)이다.

첫째, 정보의 양이 많다고 해서 정답에 가까워지는 것은 아니다. 만약 그것이 진실이라면 인간보다 에이아이(AI)가 훨씬 더 정답에 가까워야 한다. AI는 인간이 수천 년을 살아도 따라갈 수 없는 정보의 양을 지니고 있기 때문이다. 미래(未來)는 정답이 없는 문제다. 우리는 지금 답을 쓰고 있지만, 그것이 정답인지 오답(誤答)인지는 타임(Time)이 지나봐야 알 수 있다. 그래서 누구도 “지금 내가 쓰는 답이 정답이다”라고 확신할 수 없다.

정보의 홍수 속에서 정답에 가까운 해법을 찾아내기 위해서는 양이 아니라 코어(Core)를 보아야 한다. 진정한 인튜이션(Intuition)이란 불필요한 것들을 걸러내는 능력이 아니라, 수많은 군더더기 속에서 섬광(閃光)처럼 빛나는 단 하나를 정확히 포착하는 능력이다. 그것이 확률을 넘어서는 통찰(洞察)이며, 지식을 뛰어넘는 지혜(智慧)다. 확률이 세상을 설명하지 못할 때, 직관이 그 빈자리를 채운다.

미래를 극복하는 힘

확률(確率)이란 과거의 데이터를 근거로 미래의 가능성을 예측(豫測)하는 일이다. 따라서 우리는 완벽하진 않더라도 상당히 높은 정확도를 지닌 미래 예측 모델을 만들 수 있다. 그러나 그럼에도 불구하고 예측이 빗나가는 이유는 무엇일까? 시험 문제에는 언제나 100점을 맞을 가능성이 있다. 하지만 인생이라는 놀이터에서 100점을 맞을 확률은 거의 0%에 가깝다. 과학 문명이 발달하고 논리가 정교해진 시대에도 사람들은 여전히 점술가, 타로, 운세, 무속 신앙을 찾는다. 그 이유는 단 하나, 미래의 불확실성(不確實性)이 주는 공포 때문이다. 인간은 자신에게 닥칠 불행이 언제, 어떤 형태로 올지 모르는 데서 가장 큰 두려움을 느낀다. 만약 그 불안을 완벽히 해결해 줄 루틴(Routine)이 있다면 누가 두려움에 시달리겠는가?

자산이 1,000억 원 있는 사람이 사업 실패로 500억을 잃었다고 하자. 그는 남은 500억을 투자해 다시 1,000억을 만들 확률이 높다. 왜냐하면 자본주의 사회에서 자본은 자본을 낳기 때문이다. 고배당 주식 혹은 5%의 미국 국채에 투자해도 시간이 지나면 다시 1,000억이 된다. 이 확률은 거의 100%에 수렴한다. 반면, 도박장에서 100% 이길 수 있는 사람은 단 한 명, 도박장을 운영하는 딜러(Dealer)뿐이다. 그조차도 장사가 잘된다는 전제 아래에서만 그렇다. 미래를 완벽히 예측하는 것은 불가능하지 않다. 함수(函數)를 생각해 보라. 입력값이 없으면 출력값을 얻을 수 없다. 원인(原因)이 없으면 결과도 없다.

자동차가 없던 시대에는 자동차 사고의 확률이 0%였다. 오늘날 당신의 배우자가 에이아이(AI) 휴머노이드 미인과 바람날 확률도 0%다. 그러나 미래에는 이야기가 달라진다. 사람이 운전하지 않는 시대가 오면 교통사고 확률은 0에 가까워지겠지만, AI 휴머노이드와의 연애 확률은 급격히 높아질 것이다. 왜냐하면 미래의 가정에는 로봇이 가사 노동을 대신하고, 심지어 러브(Love)까지 대체할 수도 있기 때문이다. 그 로봇은 늙지도 않고 지루해지면 얼굴을 새로 바꿔 리버스(Rebirth)를 재현할 수도 있을 것이다. 그때는 "사피엔스와의 사랑과 AI 휴머노이드와의 사랑의 차이를 논하시오"라는 시험 문제가 등장할지도 모른다.

하지만 두려움 때문에 자동차도, 휴대폰도, 전기도 사용하지 않으며 원시 시대로 돌아가 혼자 살아간다면 정말 불안이 사라질까?

그건 단지 아무 일도 일어나지 않는 삶, 즉 무사(無事)의 삶일 뿐이다. 모든 미래의 확률은 원인에서 비롯된다. 원인을 제공하지 않으면 결과도 생기지 않는다. 따라서 당신이 두려워하는 일의 원인을 스스로 제거하거나 이해하지 못한다면 그 두려움은 끝내 사라지지 않는다. 아무 일도 하지 않으면 아무 일도 생기지 않는다. 그것이 안전해 보일지 모르지만, 그런 인생은 텅 빈 확률 0%의 인생이다.

반대로 행동한다는 것은 언제나 위험을 동반한다. 하지만 설령 그 결과가 당신의 기대와 다르고 고통스러운 방향으로 흘러가더라도 그 고통은 생각보다 견딜 만하다. 왜냐하면 당신은 이미 수많은 고통과 실패를 겪고도 지금 이 순간 이렇게 살아 있지 않은가? 그러니 이제 피어(Fear)를 뒤로하고 포워드 (Forward)하라. 그 한 걸음이 당신을 살아 있는 확률 100%의 삶으로 이끌 것 이다. 용기(勇氣) 있는 한 걸음이 당신의 인생을 새롭게 바꾼다.

고통이라는 선물

삶에서 찾아오는 고통(苦痛)은 저울과 줄자의 두 가지 기능을 모두 갖추고 있다. 고통을 통해 삶이 무거워졌다고 느끼는 사람이 있는가 하면, 고통을 통해 삶이 가벼워졌다고 말하는 사람도 있다. 고통이 자신을 나락(奈落)으로 떨어뜨려 얼마나 추락(墜落)했는지 알 수 없다고 말하는 사람이 있는가 하면, 고통이 자신을 승화(昇華)시켜 얼마나 높이 날아올랐는지 알 수 없다고 말하는 사람도 있다. 이처럼 삶에서 다가오는 고통은 누구에게나 똑같이 찾아오지만, 그것을 받아들이는 방식에 따라 어떤 사람은 성장(成長)하고 어떤 사람은 추락한다.

웨이트 트레이닝(Weight Training)이라는 운동은 전형적으로 근육 세포(細胞)에 미세한 상처를 내고, 그 상처가 아물어 가는 과정에서 새로운 세포가 생겨난다. 그렇게 생겨난 새로운 세포가 반복(反復)해서 늘어나는 과정을 거치며 근육(筋肉)은 성장한다. 이와 같이 어떤 고통으로 인해 당신의 인생에 상처가 생겼다는 것은, 당신이 경험하지 못했던 새로운 삶의 행로(行路)를 걸어갈 기회(機會)가 생겼다고 볼 수 있다.

곱게 자란 것처럼 보이는 꽃들 또한 성장통(成長痛)을 겪은 뒤에야 비로소 아름다운 꽃망울을 피울 수 있다. 삶에 대한 상처나 고통 없이 살고 싶다는 바람만을 품고 살아간다는 것은, 더 이상 자신의 인생을 한 단계 더 업그레이드 (Upgrade)된 삶으로 살아가고자 하는 의지(意志)가 사라졌다는 말과 다르지 않다. 인생이란 삶에서 생긴 상처를 치유(治癒)하는 과정 속에서 성장한다. 그리고 그 상처를 치료하는 동안 찾아오는 고통을 견디는 과정이야말로 자신의 삶을 가볍게 하는 길임을 알아야 한다.

니체(Nietzsche)는 『우상의 황혼』에서 나를 죽이지 못한 고통은 나를 더욱 강하게 만든다고 말했다. 우리는 살아가면서 성공자(成功者)들의 이야기를 책이나 강의를 통해 접할 때, 그들의 화려(華麗)한 결과보다 먼저 무엇을 보는가. 그것은 그들이 얼마나 깊은 고통의 바다를 건너왔는지, 곧 그 고통의 크기이다. 고통마저 사랑할 수 있는 사람은 세상에 대한 두려움으로부터 자유(自由)로워질 수 있다.

너무나 사랑했던 사람과의 사별(死別)을 경험한 필자(筆者)는, 그 상처와 고통이 지나가는 동안 말로 형용(形容)할 수 없는 아픔이 매 순간을 통과하는 것을 느꼈다. 그리고 그 고통 앞에서 있는 그대로의 나를 내맡기고, 내 고통을 정면(正面)으로 바라볼 수 있게 되었다. 그 과정을 거쳐 조금은 더 성숙(成熟)한 사랑을 할 수 있는 사람으로 성장할 수 있었다고 생각한다.

크고 작은 삶의 상처와 고통은 피한다고 해서 피해지는 것이 아니다. 만약 삶이 명사(名詞)로만 남아 있다면 아무런 상처도 받지 않을 수 있을 것이다. 그러나 삶이라는 명사가 '살다'라는 동사(動詞)가 되지 않는다면, 삶은 국어사전에만 존재하는 단어로 남고 말 것이다. 우리는 삶을 살아내야 하는 과정 위의 평행선(平行線)을 걸어가야 할 운명(運命)으로 태어난 존재다. 그 평행선의 끝에서 죽음을 만날 수 있을 것이라 착각하지 말라. 삶의 평행선은 결코 죽음과 만나지 않는다. 삶은 끝없는 평행선 위에서 마침표를 찍는다.

그러므로 고통은 삶을 살아내는 사람에게 필연(必然)적으로 함께하는 동지(同志)이며, 삶이라는 열차가 힘차게 달려갈 수 있도록 돕는 디젤 엔진(Diesel Engine)이자 전기 에너지(Electrical Energy)와 같은 것이다. 당신의 삶에 고통이 찾아오거든, 그 고통마저 사랑할 수 있을 때 비로소 당신의 인생은 완성(完成)에 이르게 된다.

위대한 선물

고통(苦痛)은 삶에서 불현듯 찾아와 본인의 의지와 관계없이 체험하게 되는 신체적(身體的)·정신적(精神的) 아픔으로, 누구에게나 예외 없이 찾아오는 피할 수 없는 것이다. 그러나 또 다른 경우가 있다. 고통스러울 것을 알면서도 스스로 그 길을 선택해 나가는 사람이다. 이 두 번째 유형의 사람은 고통을 삶에 능동적(能動的)으로 활용한다. 자신의 삶을 국어사전 속에 잠들어 있는 명사(名詞)가 아니라, 동사(動詞)로서 '살아내다'라는 진정한 의미로 이해하고, 자신이 살고 싶은 삶을 살아내고자 하는 의지(意志)의 결과로 행동을 선택한다.

우리는 각자 지나온 시간 속에서 수많은 고통스러울 것이라 여겨졌던 일들을 이미 겪어 왔다. 그럼에도 우리는 지금 이 자리에서 꼿꼿하게 살아 있다. 이것은 앞으로 당신이 미래(未來)에 겪게 될 것이라 상상하는 모든 고통 또한 지나고 나면 결국 아무것도 아니었음을 깨닫게 될 것이라는 뜻이다. 우리에게는 고통을 견뎌낼 수 있는 힘이 있다. 그리고 인생에 찾아온 고통과 상처가 결국 자신을 성장시키는 중요한 동력(動力)이 되었음을 우리는 이미 경험(經驗)으로 알고 있다. 다만 고통 앞에 무릎 꿇지만 않는다면 말이다.

니체(Nietzsche)가 말한 윌 투 파워(Will to Power)를 한마디로 요약하자면, '그럼에도 불구하고'라고 할 수 있다. 우리는 미래에 어떤 일이 일어날지 알 수 없다. 미래는 언제나 당신의 바람 저편에서, 마치 당신의 바람대로 다가올 것처럼 유혹하는 무지개와 같기 때문이다. 그러나 그 시간이 당신이 원하는 것을 가져다주지 않거나, 오히려 전혀 바라지 않던 최악의 상황을 안겨 준다 하더라도, 그것을 고통으로 받아들일지 말지는 오로지 당신의 몫이다.

인생은 이미 결론(結論)이 내려진 상황에 대해서는 그 어떤 것도 바꿀 수 없다. 다만 그 결론지어진 상황을 어떻게 받아들이고, 어떻게 대응(對應)할 것인가에 대해서만 오로지 당신의 선택(選擇)이 남아 있을 뿐이다. 수많은 사람에게 고통은 찾아온다. 그러나 그 고통을 받아들인 이후의 결과가 사람마다 하늘과 땅만큼 달라지는 이유는 무엇일까. 한마디로 말해, '그럼에도 불구하고'라고 말하며 고통을 헤쳐 나가고자 하는 힘에의 의지를 발휘하느냐, 그렇지 않느냐의 차이다.

피할 수 없으면 즐기라는 말이 있다. 이 세상에서 그 누구도 이길 수 없는 사람은 결국 즐기는 사람이다. 오늘 당신이 맞이한 삶이 당신을 고통스럽게 하고 있는가. 그렇다면 이제 남은 것은 당신의 선택뿐이다. 자, 즐겨라. 그러면 고통 뒤에 숨어 있던 행운(幸運)의 여신이 당신에게 내일의 행운으로 나아가는 문의 열쇠(Key)를 건네줄 것이다.

특별하다는 것

특별(特別)함이란 대부분 내가 가지고 있지 않은 것에 대한 환상(幻想)에서 출발한다. 대한민국 최고의 미인(美人) 중 한 사람인 손예진의 남편 현빈이 자신의 아내를 얼마나 특별하게 느끼는지에 대해서는 묻지 않았으니 알 수 없다. 그러나 주변을 보면 둘째가라면 서러울 만큼 미인인 아내에다 성격까지 좋은데도 불구하고, 전혀 특별해 보이지 않는 다른 여자와 바람이 나는 경우를 종종 보게 된다. 나중에 일이 드러나 아내에게 손이 발이 되도록 빌어 용서(容恕)를 구하고 다시 가정을 지킬 수 있다면 그나마 다행이다. 하지만 만약 바람을 피운 남편을 아내가 용서하지 않고 이혼을 결심해 실행으로 옮긴다면 부부는 남남이 된다. 그때서야 이 남자는 원래 자신의 아내였던 사람이 얼마나 대단한 미인이었고 특별한 여자였는지를 깨닫고 땅을 치며 후회(後悔)해 보지만, 이미 버스(Bus)는 떠난 뒤다.

수많은 사람은 특별한 것을 찾는다. 특별한 아름다움, 특별한 몸매, 특별한 맛집, 특별한 옷, 특별한 자동차. 우리는 남과 다른 그 특별함이 자신에게 큰 만족(滿足)과 행복(幸福)을 가져다줄 것이라 믿으며, 눈을 뜨는 순간부터 특별한 것을 찾아 애쓴다. 그리고 그 특별한 것을 손에 넣는 순간, 세상을 다 얻은 것 같은 희열(喜悅)을 느낀다. 정성을 들여 연애를 해본 사람이라면 누구나 한 번쯤은 그런 감정(感情)을 경험했을 것이다. 온 마음을 다해 자신의 여자로 만들고 싶었던 여인의 마음을 얻고 나면, 밤하늘의 별과 달도 따줄 수 있을 것 같은 기분(氣分)이 든다. 그러나 어느 순간부터 그런 마음은 사라지고 그 자리를 무감각한 매너리즘(Mannerism)이 대신 차지한다. 그때부터 집에 있는 아내가 아닌 다른 여자들이 모두 특별해 보이기 시작한다. 바람에 흔들리는 갈대처럼 그 특별해 보이는 여자를 자기 여자로 만들 수만 있다면 세상에서 둘도 없이 행복해질 것이라고 착각(錯覺)한다.

보통 자신이 갖고 싶던 차를 사고 나면 온갖 정성을 들여 관리(管理)한다. 광택을 내고 코팅(Coating)을 하고 세차를 자주 하며 때를 빼고 광을 낸다. 심지어 타이어(Tire)에 구두약을 발라 윤을 내는 사람도 있다. 하지만 세상에 따로 특별한 것이 존재하는 것은 아니다. 특별함은 바로 내가 가지고 있는 것이다. 내가 가지고 있는 것은 나에게는 익숙하지만, 나 아닌 다른 사람에게는 특별한 것이기 때문이다. 내가 내 아내가 아닌 다른 여자를 특별하게 보듯, 내 아내 또한 나 아닌 또 다른 남자를 특별하게 보고 있을 수 있다는 사실을 잊지 말아야 한다.

당신만 다른 여자를 특별하게 보는 것이 아니다. 당신의 아내 역시 당신이 아닌 다른 멋진 남자를 특별하게 느낄 수 있다. 특별한 아내를 원한다면 먼저 당신이 특별한 남편이 되어야 한다. 그렇다면 오래 살아도 특별한 남편이란 어떤 사람일까. 언제나 오늘 처음 만난 것처럼 신선하고 싱싱한 사랑을 할 줄 아는 사람이다. 날마다 싱싱한 사랑을 한다는 것은 매일을 새로운 날로 살아낸다는 뜻이다. 특별한 것은 따로 있는 것이 아니다. 내가 가진 것을 타인이 갖고 싶어 할 때 그것은 특별해지고, 타인이 가진 것 가운데 내가 갖고 싶어 하는 것 또한 특별해진다.

답은 분명해진다. 내가 가진 것을 타인이 특별하다고 느낀다면 나는 이미 많은 특별함을 지닌 사람이다. 내가 가진 것 말고 또 다른 특별함을 찾아 헤매지 마라. 당신은 이미 충분히 특별한 사람이기 때문이다.

모든 것을 아는 것의 슬픔

영어 단어를 태어나서 처음으로 배우고 있는 필자는 십 대의 아이들과 함께 대학교에 도전해야 하는데, 뇌는 이제 싱싱하지 않고 암기력(暗記力)도 현재 하향 곡선(下向 曲線)을 그리고 있음을 인정할 수밖에 없는 나이가 되었다. 그럼에도 불구하고 백 개를 외우고 아흔아홉 개가 날아가고 하나만 남는다 하더라도, 끊임없이 오늘도 영어 단어를 외우고 있다. 문득 그럴 때면 가끔 이런 생각을 한다. 만약 인간이 세상의 모든 지식을 알고 있다면 행복할까? 요즘처럼 인공지능(Artificial Intelligence)이 발달해 있는 세상에서, 챗지피티(ChatGPT)와 같은 지능을 가져 세상 모든 지식을 다 알고 있다면 얼마나 좋을까 생각하다가, 망상(妄想)에 사로잡힌 나를 일깨워 본다. 만약 지구상의 모든 사람이 인공지능 지능을 장착한다면 인간은 얼마 지나지 않아 스스로 멸망(滅亡)할지도 모른다.

인간을 살아가게 하는 중요한 요소 중 하나는 바로 '모른다'는 것이다. 인간의 삶은 자신이 모른다는 것을 자각(自覺)할 때부터 시작된다. 그것은 인류의 유구한 역사를 끌고 온 힘이다. 어린아이의 눈에 비친 세상은 얼마나 신기한가. 그것은 왜일까? 모르는 게 너무나 많기 때문이다. 세상 모든 것이 새로움으로 가득 찬 아기의 눈에는 세상 그 자체가 신비(神祕)롭다. 그래서 아기들이 말을 배우고 나서 가장 많이 사용하는 단어들은 "왜?", "이게 뭐예요?", "아빠 어디야?", "엄마 어디 가?" 등과 같은 의문문(疑問文)이다. 식당에 가면 '이 맛은 어떤 맛일까?' 궁금하고, 키즈카페에 가면 보이는 모든 것이 궁금하다. 인기 유튜브(YouTube) 방송이나 애니메이션(Animation)을 틀어놓으면 신기함에 눈을 떼지 않는다. 그때부터 아기들은 화면 속 주인공을 자신과 동일시(同一視)한다. 그리고 상상(想像)의 나래를 펴고 성장한다.

2021년과 2022년생 한 살 터울 손주를 바라보고 있노라면, 손주들이 살고 있는 하루는 얼마나 찬란(燦爛)한가. 세상 모두가 모르는 것으로 가득 차 있고 신기함이 넘쳐나는 세상, 그것이 곧 천국(天國)인 것이다. 인간이 여행(旅行)을 하는 이유도 그렇다. 익숙한 곳을 벗어나 낯선 곳을 여행하면 어린아이들이 세상을 바라보는 것처럼 신비로움으로 가득하다. 국내 여행이 아닌 해외여행을 자주 나가는 이유는 익숙하지 않은 낯선 곳에서만 느낄 수 있는 어린아이의 감수성(感受性) 때문이다. 이런 모든 것들이 인공지능 지능을 장착한다고 해서 가능할까? 요즘은 인공지능이 그림도 그리고 음악도 작곡하며, 시와 수필도 쓰고 학교 숙제도 대신 해준다고 한다.

만약 인공지능이 쓴 시와 인간이 쓴 시가 단어 하나, 토씨 하나 다르지 않고 똑같다면 두 시의 차이는 무엇일까? 그 시를 읽은 독자의 입장에서는 차이를 알 수 없을지도 모른다. 하지만 두 시의 차이는 하늘과 땅만큼이나 크다. 인공지능이 쓴 시가 '만들어진' 시라면, 인간이 쓴 시는 '창조(創造)된' 시이다. 만들어진다는 것은 이미 이 세상에 알려진 재료로 이전에 먹어본 적이 있는 요리를 만드는 것과 같다. 하지만 창조란 이제껏 알려지지 않은 식재료(食材)와 배합 방법으로 어제까지 없었던 맛을 만들어내는 것이다. 인간을 살아가게 하는 궁극(窮極)의 힘은 모름에서 온다. 인간은 태어나서 성장하고 삶을 지탱할 수 있는 근본적인 힘을 모른다. 내가 모르는 것이 많고 그것을 알고자 하는 궁금증이 내일 나를 깨우는 힘이다.

인간이 늙어간다는 것은 단순히 나이를 먹어간다는 것이 아니다. 세상에 더 이상 배울 것이 없고 궁금할 것이 없다고 생각하는 순간 늙어가는 것이다. 이 세상 모든 지식을 알고 있는 인공지능이 지금도 부러운가? 백 개를 암기하면 아흔아홉 개를 잃어버린다는 것은 얼마나 큰 신의 축복(祝福)인가. 그 망각 곡선(Forgetting Curve)이 없었다면 내가 오늘을 어떻게 살아낼 수 있었을까? 챗지피티가 대답해 줄 수 있는 건 이제껏 세상을 살다 간 수많은 사람이 던진 질문과 이미 나와 있는 지식에 대해서뿐이다. 인공지능이 새로운 창조를 한다고 하더라도 거기에는 하나의 핵심이 빠져 있다. 그것은 바로 궁금함이다.

인공지능은 당신이 오늘 이 세상에서 최초로 던진 질문에 대해서는 대답해 줄 수 없다. 왜냐하면 거기에는 학습(學習)된 프로그램 이외의 기억은 없기 때문이다. 당신의 그 궁금함이 세상을 열어가는 열쇠(Key)라는 것을 잊지 말고, 오늘도 자신의 무지(無知)를 깨우는 하루가 되기를 바라본다.

상상의 두 얼굴

미래(未來)에 대한 두려움과 고통은 어디서 오는가. 대부분은 상상(想像)에서 시작된다. 지나간 시간을 돌아보면, 필요 없는 걱정과 허망한 예측(豫測) 속에 얼마나 많은 순간을 낭비(浪費)했는지 알 수 있다. 그런데도 우리는 지금 이 자리에서조차, 미래라는 괴물 같은 상상에 잡아먹히고 있음을 알아차리지 못한다. 시간이 지나면 드러난다. 그때 그토록 붙잡고 있던 근심과 불안(不安)이 얼마나 가볍고 어이없는 것이었는지를. 예측은 번번이 빗나가고, 고뇌(苦惱)는 허공에 흩어진다. 그럼에도 불구하고 상상은 결코 버릴 수 없다. 상상은 두 얼굴을 가지고 있기 때문이다.

상상은 절망(絶望)의 순간에도 희망(希望)을 보여주고, 고통 속에서도 버티게 한다. 없는 것을 만들고, 미움을 용서(容恕)로 바꾸며, 가난한 마음에 풍요를 선물한다. 상상은 예술가(藝術家)의 붓끝이 되고, 과학자의 실험이 된다. 인류의 모든 위대한 창조(創造)는 상상에서 시작되었다. 사람이 힘겨운 시간을 견딜 수 있는 것도 이 때문이다. 지금은 괴롭지만 언젠가는 행복(幸福)이 올 것이라는 믿음, 그 믿음을 지탱하는 힘이 바로 상상이다. 또한 상상은 타인의 고통을 내 고통처럼 느끼게 한다. 우리가 말하는 엠파시(Empathy, 공감)란 결국 상상의 능력에서 비롯된다.

그렇다면 질문(質問)은 단순하다. 왜 우리는 상상에게 불안과 걱정이라는 얼굴만 씌우려 하는가. 상상은 원래 얼굴이 없다. 당신이 씌워주는 모습으로 다가올 뿐이다. 희망의 얼굴을 보고 싶다면 희망으로, 사랑의 얼굴을 원한다면 사랑으로, 화합(和合)의 얼굴을 바란다면 화합으로 온다. 결국 선택(選擇)은 당신에게 달려 있다.

그러니 미래를 상상하되, 불안과 근심으로는 채우지 마라. 차라리 안데르센의 동화 속 벌거벗은 임금님처럼, 어리석은 이들의 눈에는 보이지 않는 상상의 옷을 걸쳐라. 그 보이지 않는 옷이야말로 당신의 내일을 빛나게 하는 가장 아름다운 상상의 얼굴이 될 것이다.

굶주림의 축복

"만족한 돼지가 되기보다는 불만족한 인간이 되는 것이 낫고, 만족한 바보가 되기보다는 불만족한 소크라테스가 되는 것이 낫다." 이 말은 존 스튜어트 밀 (John Stuart Mill)이 남긴 명언이다. 여기서 말하는 것은 단순히 뱃속에 음식을 가득 채워 놓은 상태만을 의미(意味)하지 않는다. 인간은 다양한 차원의 굶주림을 경험(經驗)한다. 음식을 먹어 위장을 채우는 것만으로는 결코 채워지지 않는 허기가 인간 안에 있다.

그렇다면 인류가 7만 년 전 인지혁명(認知革命)을 완성한 이후 끊임없이 앞으로 나아갈 수 있었던 힘의 원천(源泉)은 무엇이었을까. 그것은 다름 아닌 굶주림이었다. 배부른 사자는 더 이상 사냥을 하지 않는다. 그러나 배고픈 인간은 새로운 사냥을 위해 또다시 사냥터로 나선다. 이처럼 굶주림은 인간을 움직이게 하는 원동력(原動力)이자 신이 내린 축복(祝福)이다. 그것은 현재(現在)를 살게 하는 힘이자 미래(未來)를 희망(希望)하게 하는 근원(根源)이다.

비닐하우스 속에서 화초처럼 보호(保護)받으며 살아온 사람이 아니라, 거친 광야에서 야생으로 살아온 사람이라면 이 사실(事實)을 잘 안다. 인생은 예측(豫測)한 대로 흘러가지 않으며 때로는 나락(奈落)으로 떨어진다. 그때 곁에 단 한 사람도 손 내밀어 주는 이가 없을 때, 스스로 배고픔을 참고 견디며 위기

(危機)를 극복(克服)한 사람은 깨닫는다. 굶주림은 고통(苦痛)만이 아니라 다시 일어서게 하는 힘의 원천이었다는 것을 말이다.

경제적 자유(經濟的 自由)를 얻었다고 해서 인생의 굶주림에서 완전히 해방(解放)됐다고 여긴다면, 그것은 배부른 돼지와 다르지 않다. 배가 고프면 음식을 찾지만, 지적 굶주림이 찾아왔을 때 책을 찾는 사람은 많지 않다. 다만 지적 굶주림은 생명을 위협하지 않기 때문이다. 그러나 인간이 동물과 다른 점은 육체적(肉體的) 포만(飽滿)이 아니라 지적 결핍(知的 缺乏)을 느낄 수 있다는 데 있다. 굶주린 배를 음식으로 채워도 몇 시간이 지나면 다시 허기가 찾아오지만, 지적 굶주림을 채워가는 과정(過程)은 다르다. 지적 허기는 시간이 흐를수록 줄어들고, 또 그 배의 크기는 무한하여 아무리 먹어도 완전한 포만에 이르지 않는다. 이것이 바로 '배고픈 소크라테스의 삶'이다.

물론 지적 굶주림을 느껴 지식(知識)과 지혜(智慧)라는 음식을 먹는다고 해서 영원(永遠)히 허기가 사라지는 것은 아니다. 하지만 그 지식을 맛보는 순간(瞬間)마다 삶은 깊은 행복(幸福)을 선사(膳賜)한다. 그 맛은 혀로 느낄 수 있는 천하 일미(天下 一味)보다도 백 배, 천 배 더 달콤하다. 만약 지금 당신이 아는 것이 부족하고 모자라다고 느낀다면, 그것은 곧 지적 굶주림을 경험하고 있다는 증거(證據)다. 그리고 그 허기를 채우고자 결심(決心)한다면, 이미 당신은 세상에서 가장 위대한 축복을 맞이한 것이다.

그 축복은 어떤 만찬(晚餐)보다도 더 큰 행복을 안겨줄 것이다. 왜냐하면 필자(筆者) 역시 그 지적 굶주림 속에서 살아가는 사람이며, 배고픔이야말로 가장 위대한 선물임을 누구보다 잘 알고 있기 때문이다.

세상을 보는 법

인간이 타인의 고통을 이해한다는 것은 어디까지 가능한가. 우리는 흔히 공감(共感)한다는 말을 쉽게 내뱉지만, 실제로는 타인의 고통을 전적으로 체험하는 것이 불가능하다는 사실 앞에 선다. 감각의 결핍(缺乏)을 스스로 겪어보지 않은 사람이 그 결핍을 온전히 이해한다는 것은, 어리석은 중생이 부처의 경지에 오르는 일만큼이나 어려운 과업이다. 최근에 본 영화 《얼굴》은 이러한 질문을 강렬하게 제기한다. 영화 속 주인공 임영규는 선천성(先天性) 시각장애인이다. 그는 도장을 새기며 생계를 이어간다. 현실적으로 시각장애인이 전통적인 수공 방식으로 도장을 제작할 수 있는지는 알 수 없으나, 영화가 보여주려는 초점은 기술적 사실이 아니라 시각을 상실한 자가 세상을 어떻게 인식(認識)하고 살아가는가에 있다.

임영규는 평생 멸시 속에서 살아오다 피혁 공장에서 일하는 여성 정영희를 만나 가정(家庭)을 이루고 아이까지 낳는다. 그러나 친구의 말 한마디가 그의 내면을 뒤흔든다. "네 아내의 얼굴은 괴물 같다." 눈으로 본 적 없는 아내의 얼굴, 그러나 마음으로는 아름답다고 믿어온 그 신념(信念)은 타인의 언어 앞에서 무너져 내린다. 결국 그는 충동적으로 아내의 목숨을 앗아간다. 영화는 그의 행위를 악의(惡意)의 발현으로 단정하지 않는다. 오히려 시각의 부재와 사회적 멸시가 빚어낸 존재론적(Ontological) 파열로 제시한다.

이 지점에서 우리는 묻게 된다. 세상을 보는 기준은 무엇인가. 대다수의 인간은 시각(視覺)에 의존한다. 남자는 잘생겨 보이는 것을, 여자는 아름답게 보이는 것을 자신의 타깃(Target)으로 삼는다. 그러나 눈은 결코 진실의 보증인(保證人)이 아니다. 오히려 눈은 끊임없이 우리를 속인다. 아름답게 보이는 사람이 반드시 아름다운 존재가 아니며, 멋져 보이는 일이 반드시 가치 있는 일이 아니다. 그렇다면 시각은 인간 인식의 우월한 감각이 아니라, 오히려 가장 큰 에러(Error)의 원천일 수 있다.

선천성 시각장애인에게 아름다움이란 시각적 형태가 아니라 소리, 온기, 촉감, 그리고 관계 속에서 전해지는 정직함일 것이다. 우리는 이 사실을 통해 배운다. 아름다움은 눈으로만 규정되지 않는다. 귀로 들려오는 말, 다섯 감각을 넘어서는 제6의 감각, 한 사람이 발산하는 진실과 생명의 에너지(Energy)가 오히려 더 깊은 아름다움을 형성한다. 따라서 우리는 자문해야 한다. 혹시 우리는 눈을 뜨고 있으면서도 장님처럼 살아가는 것은 아닌가. 눈이 전해주는 화려함에 매혹되어 삶의 진정한 아름다움을 보지 못하는 것은 아닌가.

만약 눈이 우리를 속이고 있다는 사실을 깨닫는다면, 우리는 시각의 굴레를 벗어나 새로운 인식의 가능성을 모색해야 한다. 내가 바라는 것은 이것이다. 내 옆에 머물러 주는 단 한 사람과, 이제는 눈으로만 볼 수 없었던 서로의 아름다움을 인식하며 살아가는 것. 그것은 시각적 화려함이 아니라 존재가 품어내는 진실을 통해 발견되는 성숙한 아름다움일 것이다. 그리고 그 깨달음이야말로 우리가 세상을 '다르게' 볼 수 있는 시작점이다.

선택과 후회

선택(選擇)이 없는 삶이란 죽은 자의 몫이며, 후회(後悔) 없는 삶은 귀신에게나 가능하다. 이것을 정확하게 이해한 사람은 선택과 후회가 동전의 양면이라는 점을 알아야 한다. 하지만 사람은 선택과 동시에 후회를 지워버리려고 한다. 그리고 자신이 선택한 결과가 원하는 방향으로 나오지 않았을 경우를 대비해, 선택에 대한 후회가 아니라 선택에 대한 변명(Excuse)을 준비하는 데 훨씬 더 많은 시간을 투자한다. 그러나 선택의 결과에 대한 변명은 오히려 후회보다 자신의 인생에 도움이 되지 않는다. 변명이란 이미 선택하기 전부터 행동의 부정적 결과에 대한 탈출구를 준비해 놓은 것이나 다름없기 때문이다.

주식시장(Stock Market) 참여자들의 행동 패턴을 보아도 크게 두 가지가 있다. 하나는 후회하는 유형이고, 또 하나는 변명하는 유형이다. 매수든 매도든 자신의 선택에 변명을 늘어놓는 투자자는 통장 잔고가 늘어날 수 없다. 그러나 자신의 선택에 대해 후회를 하는 투자자는 시간이 흐르면서 통장 잔고가 늘어나게 된다. 선택 이후의 두 가지 태도가 이렇게 다른 결과를 가져오는 것은 무엇 때문일까. 행동이라는 씨앗을 심으면 후회라는 싹이 자라고, 후회의 싹은 실패(Failure)라는 나무가 된다. 그리고 실패라는 나무가 크게 자라야만 비로소 달콤한 성공(成功)의 열매를 맺는다. 즉, 행동으로 시작된 선택의 후회는 자기 긍정의 출발이며, 변명은 자기 부정의 출발이다.

니체(Nietzsche)가 말한 아모르 파티(Amor Fati)는 완전한 자기 긍정을 의미한다. 후회가 완전한 자기 긍정으로 변하고 그 후회가 만들어낸 실패의 나무에서 성공의 열매가 열리기 위해서는 '건강한 후회'가 전제되어야 한다. 건강한 후회란 무엇인가. 후회라는 싹을 자라게 한 행동에 대한 진지한 반성(反省), 그것이 건강한 후회다. 이것은 변명과 크게 다르다. 건강한 콩을 심었는데 제대로 보살피지 못해 병충해에 시달리고 결국 건강하지 못한 열매를 맺었다면, 그 원인을 자신의 게으름과 부주의에서 찾는 사람은 내년에 더 건강한 콩을 수확할 가능성이 높다. 반대로 변명하는 사람은 "건강하지 못한 콩은 내 탓이 아니라 기후 탓이고 환경 탓이다"라고 말한다. 이런 태도라면 내년에 다시 콩 농사를 짓더라도 또다시 같은 실패를 반복할 가능성이 높다.

주식시장도 마찬가지다. 자신의 선택이 남긴 결과에 대해 어떻게 후회하느냐에 따라 통장 잔고의 차이가 극명하게 갈린다. 같은 밭에서 자란 콩 농사인데 어떤 밭은 풍년이 들고 어떤 밭은 흉년이 들 수 있다. 흉년이 든 농부라면 풍년을 거둔 농부에게 찾아가 그 비법을 배우고 그다음 해에 그대로 실천해야 한다. 그런데도 배운 방법을 버리고 예전 방식대로 농사를 짓는다면 그 결과는 다시 흉년일 것이 뻔하다. 후회는 건강한 자기 반성에서 시작하며, 그 반성은 성공의 자양분(Nutrient)이 된다. 후회가 키워낸 실패의 나무에서 비로소 성공이라는 달콤한 열매가 열린다. 그 어떤 경우에도 변명은 성공의 과실을 가져다줄 수 없다.

후회는 단순한 감정이 아니라 거울이다. 우리가 걸어온 길을 비추며 스스로에게 책임을 묻는 거울이다. 그 거울 앞에서 인간은 자신을 외면할 수 없다. "나는 왜 그렇게 말했을까, 왜 그 길을 택했을까." 후회는 끝없는 질문으로 다가와 우리를 흔들고, 그 흔들림 속에서 우리는 성장한다. 후회는 고통스럽지만 동시에 배움을 준다. 한 번의 잘못된 선택은 성숙을 가르치고 새로운 길 앞에서 더 단단한 결정을 내리도록 돕는다. 후회는 인간을 괴롭히는 동시에 길러내는 스승이다. 완벽한 선택은 존재하지 않는다. 한 길을 택한다는 것은 다른 길을 버린다는 뜻이다. 그 버려진 길은 그림자처럼 남아 때때로 '만약'을 속삭인다.

그러나 후회를 지우려 애쓰는 삶은 자신을 병들게 할 뿐이다. 후회를 두려워하지 않고 품을 수 있는 삶, 그것이 지혜로운 삶이다. 후회를 통해 배우고 성숙하며 자신을 더 깊이 이해하는 삶은 우리를 더 인간답게 하고 존재의 의미를 찾게 한다. 후회는 결코 실패의 그림자가 아니다. 그것은 인간이 자유(自由)롭게 선택하는 존재임을 증명하는 표식이며 우리의 불완전함을 가르치는 스승이다. 후회를 품을 수 있다면 인간은 조금 더 성숙해지고 조금 더 자신에게 가까워진다. 후회란 삶을 괴롭게 만드는 족쇄가 아니라, 오히려 삶의 깊은 울림을 전하는 에밀레종(Emille Bell)의 소리와 같다.

기억 - 그 달콤한 거짓말

사람은 수많은 결정(決定)을 내릴 때 자신이 살아온 과거(過去)의 기억(記憶)을 바탕으로 무엇이 옳고 그른지를 판단(判斷)한다. 그리고 그중에서도 달콤한 기억들만을 골라내어 현재의 선택(選擇) 기준으로 삼으려 한다. 하지만 우리는 잘 모른다. 우리가 믿고 있는 그 기억이 사실은 스스로를 속이는 거짓말일 수도 있다는 것을. 사람이 타인에게 속아 인생이 무너지는 경우보다 자기 자신에게 속아 나락(奈落)으로 떨어지는 경우가 훨씬 더 많다.

이 사실을 깨달은 사람이라면 자신의 지난 시간이 만들어 놓은 기억의 허상(虛像)에 의지해 현재와 미래(未來)를 결정짓는 우(愚)를 범하지 않으려 할 것이다. 연구에 따르면 인간의 장기 기억(長期 記憶)은 생후 36개월 전후에 형성되기 시작한다. 그리고 7세 이전의 기억은 '어린 시절 기억상실(Childhood amnesia)'이라는 현상과 함께 대부분 사라진다. 결국 우리가 의식적으로 떠올릴 수 있는 기억은 8세 이후의 것들이며, 그 기억을 바탕으로 현재의 행동과 판단을 만들어 간다.

그러나 문제는 그 기억이 언제나 정직하지 않다는 점이다. 대부분의 기억은 우리를 속인다. 미래의 우리 자신을 쉽게 용서할 수 있는 이유도 바로 이 '기억의 조작(造作)' 때문이다. 우리는 무의식적으로 자신의 기억 속 이미지를 편집(編

輯)하고 수정(修正)한다. 그리고 그 조작된 기억을 '진짜 나'라고 착각한다. 그렇게 조작된 기억을 바탕으로 현재의 판단을 내린다면 그 판단이 얼마나 위험한지 깨닫는 사람은 많지 않다.

자신의 과거 기억으로 히스토리컬 드라마(Historical drama), 즉 한 편의 사극(史劇)을 만들고 싶다면 그것이 논픽션(Nonfiction)이 될 수 있도록 해야 한다. 기억이 역사(歷史)를 왜곡(歪曲)하지 않고 사실에 기반한 각본(脚本)으로 쓰일 때에만 그 드라마는 진실이 된다. 그때 비로소 자신만의 진실된 인생 드라마가 시작된다. 우리가 티브이(TV) 속 사극을 보며 역사적 관점의 왜곡으로 진실을 잃어버린 이야기들을 접하듯 우리의 인생 또한 그렇다.

자신의 삶의 역사를 돌아볼 때 그 기억을 편의적으로 왜곡하거나 조작한다면 미래의 삶 또한 사실을 사실대로 기록할 수 없다. 기억이란 이름의 거짓말이 귀에 속삭이는 그 달콤한 조작의 소리를 거부할 수 있을 때, 비로소 사람은 자신의 지난 과거를 있는 그대로 투명하게 바라볼 수 있다. 그렇게 왜곡되지 않은 기억을 마주할 수 있을 때 우리는 마침내 기억이라는 거짓말로부터 자유(自由)로워질 수 있다. 기억은 언제나 우리를 속이지만, 그 거짓의 베일을 걷어내는 순간 우리는 처음으로 자기 자신과 진실하게 만날 수 있다.

시간을 지우는 망각의 기술

자신의 기억(記憶)은 자신을 속이고, 그 속임수 같은 기억 속에서 헤어나오기란 쉽지 않다.

이럴 때 기억이라는 늪을 빠져나올 수 있도록 배려한 신의 동아줄이 바로 망각(忘却)이다. 기억이 과거를 불러와 현재와 싸우는 사이, 망각은 과거와 화해(和解)할 수 있도록 돕는다. 기억을 붙잡고 있는 것이 늘 고통을 남기는 것이라면, 망각은 그 기억을 지워버리고 놓아줌으로써 삶을 자유(自由)롭게 한다.

사람은 누구나 자신이 걸어온 길을 잊지 않는 것이 살아온 삶에 대한 최소한의 배려라고 생각한다. 하지만 이별해야 할 기억과 이별하지 못하는 것은 자신의 현재라는 시간에 핸드커프(Handcuffs)를 채우는 일이다. 이를 깨달았다면 신이 주신 망각이라는 지우개로 기억을 지우는 일이 당신에게 자유의 날개를 달아줄 수 있음을 알아야 한다. 떨어진 낙엽이 썩지 않고 살아 있다면 살아 있는 나무들에게 비료(Fertilizer)가 될 수 없듯, 지나간 기억 또한 썩지 않고 살아 있다면 지금의 나를 자유롭게 할 수 없다.

망각의 기능을 신이 우리에게 선물한 것은 기억 속 시간을 소환할 때, 지금 나의 시간을 성장시킬 수 있는 거름 같은 시간만 소환하라는 신의 배려다. 새로운 행동을 하기 위해서는 망각할 줄 알아야 한다. 지나간 시간의 사랑과 그 고통을 망각할 수 없는 사람은 새로운 사랑을 시작할 수 없다. 지난 시간의 사랑은 사랑대로 망각할 수 있을 때, 그 사랑이 밑거름이 되어 새로운 사랑을 완성할 수 있다. 망각은 과거로부터의 도피(逃避)가 아니라 새로운 삶을 살고자 하는 사람에게 주어지는 행복의 문을 여는 키(Key)다.

지난 시간의 기억이 썩지 않으면 결코 새로운 싹이 자랄 수 없다. 인간 또한 새로운 자신으로 태어나기 위해서는 지난 기억의 껍질을 죽여야 한다. 망각은 새로운 것을 담기 위한 시작이다. 지난 기억으로 가득 찬 그릇에 새로운 물을 붓는다고 혼탁했던 과거의 기억이 맑아질 수는 없다. 새로운 나무가 무럭무럭 자라면 과거 기억의 거름 또한 새 나무의 영양분으로 흡수되어 사라지는 법이다.

우리는 기억 속에서 만난 타인을 용서할 수 있다. 하지만 그 기억 속에서 만난 자신을 용서하지 못한다면 결국 지금의 자신을 성장시킬 수 없다. 당신은 과거의 기억과 화해해야 한다. 그 기억을 용서하고 망각의 다리를 건너고 나서야 비로소 오늘을 살 수 있다. 지난 기억이 나를 더 이상 죽일 수 없도록 망각의 스위치 버튼을 눌러야 한다. 망각은 단순히 고통을 잊기 위한 것이 아니라 삶을 건강하게 만드는 비타민(Vitamin) 같은 것이다.

너무 많이 기억하면 삶이 무거워지고, 반대로 너무 많이 기억하지 못하는 것은 어리석음이다. 이때 기억을 적절히 덜어내는 건강한 망각은 당신의 또 다른 성장을 가져온다.

기억이 나에게 수갑을 채웠다면 그 수갑을 풀 수 있는 열쇠는 망각이다. 기억이 과거의 삶이라면, 망각은 현재를 살고자 하는 사람이 시간을 다루는 기술이다. 건강한 오늘을 살아내야만 건강한 미래를 만날 수 있다. 죽어버린 과거의 기억과 이별하는 망각의 힘으로 오늘을 새롭게 만나는 자, 그가 바로 진정한 프리덤(Freedom)을 누리는 인간이다.

만들어진 자유

우리는 자유(自由)가 국가가 보장해 주는 것이라거나, 혹은 자신이 소유(所有)한 어떤 것들이 자유를 보장해 줄 것이라 믿으며 살아왔다. 그러나 죽음이 가까워질 때까지도 자유가 무엇인지 알지 못한 채 하루하루 삶의 무게에 짓눌리면서도, 언젠가 자기에게도 자유가 찾아올 것이라 착각(錯覺)한다. 하지만 자유는 찾아오는 것이 아니다. 자유는 스스로 만들어야 하는 것이다.

그렇다면 그 자유를 만드는 기술은 어디에서 배울 수 있을까. 누군가 가르쳐 주는 사람이 없다면 스스로 배워야 한다. 도대체 자유를 만드는 재료는 무엇일까. 그 재료가 바로 기억(記憶)과 망각(忘却)이다. 자유라는 요리(料理)를 완성하기 위해서는 이 두 가지 핵심 재료의 배합을 잘해야 한다. 기억 속에는 쓴맛, 매운맛, 달콤한 맛이 있고 지금의 삶 속에도 짠맛, 단맛, 담백한 맛이 있다. 이 모든 맛을 황금비율(Golden Ratio)로 조화시킬 수 있는 기술, 그것이 바로 자유를 만드는 기술이다.

인생의 자유라는 요리는 이 모든 맛이 섞여야 완성된다. 자유가 오직 당신의 입맛에 맞는 맛만 있기를 바란다면, 당신은 평생 자유를 얻을 수 없을 것이다. 왜냐하면 진정한 자유의 요리는 당신이 먹고 싶은 맛으로 만드는 것이 아니라, 당신이 건강한 자유를 누리기 위해 입맛에 맞지 않는 맛까지 함께 섞어내는 데서 완성되기 때문이다.

많은 사람이 망각을 단순히 과거를 잊어버리는 것이라 오해(誤解)한다. 그러나 자유로 가는 길에 필요한 망각이란 기억하지 못하는 상태를 뜻하지 않는다. 기억해야 할 것을 기억하지 못하는 것은 어리석음의 영역이다. 망각이란 '기억하지 마라'가 아니라 '기억에 얽매이지 마라'는 말이다. 왜냐하면 기억은 이미 죽은 시간이기 때문이다.

자유롭다는 것은 모든 것을 소유하고 마음대로 부릴 수 있다는 뜻이 아니다. 만약 그렇게 착각한다면 당신은 죽을 때까지 자유와 만날 수 없다. 세상에 인간의 상상력(想像力)을 모두 소유할 수 있는 방법은 없기 때문이다. 자유는 소유의 양에 비례하여 늘어나는 것이 아니라 버림의 양에 비례하여 커진다. 자유는 군중(群衆)의 지지를 받는 데서 생기지 않는다. 자유는 고독(Solitude)과 친구가 되는 것이다. 고독을 깊게 느껴본 사람만이 그 고독의 시간이 얼마나 자유로운지를 안다.

대자유(大自由)는 다가올 모든 미래의 시간, 만날 고난(苦難)과 역경, 고통까지도 사랑할 준비가 되어 있는 사람에게 가장 먼저 손짓한다. 자신에게 주어진 모든 시간 앞에서 "예, 감사합니다"라고 말할 수 있는 사람, 그 사람은 기억과 망각 사이의 팽팽한 밧줄 위에서 춤추는 광대와 같다. 그는 자유를 창조하는 사람이다. 그 자유는 누군가를 모방(Imitation)한 것이 아니라 스스로 실시간으로 만들어내는 자기만의 창조물이다.

과거를 기억하되 그 기억에 얽매이지 않는 삶, 망각의 균형추(Balance weight)를 잘 맞춘 삶을 살아야 한다. 기억이라는 거짓말을 꿰뚫어 보고 망각의 다리를 건넌 자만이 자유의 세계로 들어갈 수 있다. 그런 사람은 무엇이 되려고 애쓰지 않아도 이미 모든 것이 되어 있는 사람이다.

한가한 하루

사람들은 가끔 묻는다. "그렇게 바쁘고 치열하게 살면 지치지 않나요?" 대부분 새벽(黎明) 세 시 전에 일어나 하루를 시작하는 나를 보면 그런 질문이 나올 만도 하다. 하루의 첫 일은 글을 쓰는 일이다. 그다음에는 책을 조금 읽거나 명상(冥想)을 한다. 일주일에 두세 번은 새벽 라이딩(Riding)을 위해 회사에 다섯 시쯤 출근한다. 한 시간 남짓 자전거를 타고 돌아오면 신문을 읽고 업무(業務)를 시작한다. 아침 일곱 시 전후에 시작된 일은 대부분 오후 세 시 이전에 마무리된다. 퇴근 후에는 일주일에 두 번 영어 과외를 하고, 나머지 시간에는 인터넷 강의나 유튜브(YouTube)를 통해 영어나 수학 공부를 한다. 그리고 특별한 일이 없으면 저녁 여덟 시 전에 잠이 든다. 가끔은 이틀이나 사흘 연속으로 과중한 일정(日程)이 이어질 때가 있다. 그럴 땐 모든 걸 내려놓고 새벽 다섯 시 반까지 '늦잠'을 자기도 한다.

누군가는 이 일과(Routine)를 감당하기 어렵다고 느낄 것이고, 누군가는 충분히 해낼 만한 일이라 여길 것이다. 하지만 나는 단 한 번도 내 일상이 바쁘다거나 무겁다고 생각해 본 적이 없다. 오히려 생각보다 너무나 한가한 하루를 산다고 느낀다. 하루 동안 하는 일은 고작해야 세 가지 남짓이다. 지난 10여 년 동안 기존의 인맥(人脈) 관리를 철저히 덜어낸 덕분에 지금은 따로 만나야 할 사람이 거의 없다. 누군가 "한번 보자"거나 "술 한잔하자"고 말할 때도 거절해야 할 일과 수락해야 할 일을 명확히 구분한다. 그래서 사람을 만나는 일로 스트레스(Stress)를 받을 일이 전혀 없다. 오래전부터 익혀온 '거절의 미학(Aesthetics of refusal)' 덕분이다.

나는 누군가의 부탁을 선별해 거절하는 일에 익숙하다. 그렇다고 모든 부탁을 막무가내로 거절하는 것은 아니다. 다만 대부분의 부탁이라는 것이 내가 들어줄 수 없는 것이거나, 굳이 시간을 내어 살필 필요가 없는 경우가 많기 때문이다. 경조사(慶弔事)도 마찬가지다. 유통업의 특성상 일주일에 한두 번꼴로 청첩장이나 부고장을 받는다. 그중 어떤 자리에 가야 하고 어떤 자리는 가지 않아도 되는지를 선별하지 않는다면 나는 주말마다 결혼식에, 평일마다 장례식장으로 향해야 할 것이다. 삶을 간단하고 담백하게 만드는 일은 생각보다 어렵지 않다. 다만 많은 사람이 그 일을 어렵게 느끼는 이유는 자신의 삶을 타인(他人)의 눈으로 바라보기 때문이다.

체면(體面), 혹은 '가오'라고 불리는 허울 때문에 자신의 시간과 돈을 낭비(浪費)하며 타인의 기준 속에서 버거운 하루를 살아간다. 삶이 무거워지는 이유는 결국 시간의 주인(主人)이 자신이 아닌 상태이기 때문이다. 그 시간을 타인의 시선에 맞춰 쓰고 있다면 지금 당장 자신의 '시간 사용 설명서(Time management manual)'를 다시 써야 한다. 다른 사람이 나를 어떻게 평가(評價)하는가, 그 점수는 몇 점쯤 되는가. 그 점수를 올리기 위해 수많은 시간을 타인의 눈에 맞춰 살다 보면 결국 자신은 사라지고 남의 시선만 남는다. 이제 그 시선을 자신에게 돌려야 한다. "나는 내 삶을 스스로 어떻게 평가하는가?", "내 인생에 몇 점을 줄 수 있는가?"

자기가 자기에게 주는 점수를 올리는 삶, 그것이 진정한 자유다. 자기 스스로에게 후한 점수를 줄 수 있는 삶은 무겁지도, 바쁘지도, 소란스럽지도 않다. 그저 간단한 일상 몇 가지면 충분하다. 남는 시간에는 활자를 읽거나 깊이 사유(思惟)하거나 그 사유를 글로 남기면 된다. 그 이상도, 이하도 아니다. 이런 삶이 어찌 무겁다고 할 수 있을까. 삶의 무게는 저울로 잴 수 없다. 스스로 구름보다 가볍고 새털보다 가벼운 일상을 꾸려 나가야 한다. 그것이야말로 삶을 단순하게 만드는 기술이며 가장 인간적인 예술(藝術)이다.

음악, 시

인간은 자신이 생각하고 사유(思惟)하는 것들을 어떤 방식으로든 밖으로 표현하고자 하는 욕망(慾望)을 지닌 존재다. 그 욕망의 결과로 수많은 예술(藝術)이 생겨났고, 예술은 시대를 거듭할수록 인간의 내면 세계(內面 世界)를 표현하는 방법으로 다듬어져 왔다. 태초에 소리가 있었다. 문자는 언어(言語) 이후에 생겼고, 언어는 소리 이후에 생겨났다. 들리는 소리, 그리고 내면의 소리를 약속(約束)된 형태(形態)로 표현하고자 하는 인간의 욕망이 언어를 만들어냈고, 그 언어를 눈에 보이는 부호로 남기려는 상상(想像)이 레터스(Letters)를 탄생시켰다.

수만 년 전, 소리로 소리를 전하던 시대를 지나 언어로 언어를 이어가는 시대가 열렸다. 그때 누군가는 이렇게 생각했을 것이다. "내가 죽은 뒤에도 내 말을 후대 사람들이 들을 수는 없을까?" 그 질문이 문자를 만들었다. 문자는 인간의 소리를 시간을 넘어 전달하는 그릇이 되었다. 언어가 살아 있는 말이었다면, 문자는 시간 속에 보존된 목소리였다. 또 다른 욕망이 있었다. 자신이 본 세계, 혹은 마음속 세계를 후대 사람들에게 시각적으로 남기고자 하는 욕망이다. 그 욕망이 미술을 낳았다. 인간은 단순히 세계를 보는 존재가 아니라, 보는 것을 표현(Expression)하고자 하는 존재였기 때문이다. 그림은 그렇게 인간의 또 다른 언어가 되었다.

태초의 소리를 인간의 방식으로 해석(解釋)하여 우주(宇宙)의 울림을 전달하는 방식으로 만든 예술이 뮤직(Music)이다. 소리를 재료로 감정(感情)을 조리해내는 요리, 그것이 음악이다. 인지혁명 이후의 인간에게 가장 예술적인 감성을 일깨워준 것은 아마도 음악이었을 것이다. 인간은 다양한 형태의 소리를 낼 수 있고, 그 소리를 통해 감정과 정신의 움직임을 표현한다. 그래서 음악은 인간이 만든 가장 오래된 예술이며, 언어보다 앞선 감정의 언어다. 그렇기에 우리는 아무 배경지식이 없어도 음악을 들으며 눈물을 흘린다. 그것은 음악이 이성보다 먼저 영혼을 흔드는 언어이기 때문이다.

필자 또한 클래식(Classic) 음악에 대한 깊은 지식은 없지만, 공연장을 찾는 이유는 단 하나다. 그곳에서 한 번도 느껴보지 못한 세계의 문이 열리는 순간을 마주하기 때문이다. 그 세계는 때로는 눈물로, 때로는 환희(歡喜)로, 때로는 전율(戰慄)로 다가온다. 음악은 해석이 필요 없는 예술이다. 그저 깊은 잠 속으로 스며들어 마음의 진동을 일으키고 떠난다. 그래서 필자는 음악을 듣는 시간을 사랑한다. 그리고 필자가 세상과 만나는 또 하나의 방식이 있다. 바로 라이팅(Writing)이다.

언어와 글쓰기는 같은 듯 다르다. 글을 써본 사람만이 그것을 안다. 말은 순간에 흩어지지만, 글은 시간 속에 머무른다. 그래서 글을 쓴다는 것은 말보다 훨씬 더 큰 집중(集中)과 성찰(省察)의 행위다. 말로는 쉽게 표현되던 생각이 글로 옮기려 하면 막히는 이유가 여기에 있다. 강의와 독서의 차이도 이와 같다. 하나는 청각의 길, 다른 하나는 시각의 길이다. 귀는 여러 소리를 동시에 들을 수 있지만, 눈은 한 번에 하나만 볼 수 있다. 그래서 글쓰기는 듣는 것보다 훨씬 정밀(精密)하고 내면적인 사유를 요구한다.

필자가 글쓰기를 선택한 이유는 여기에 있다. 그중에서도 수필(隨筆)은 언어의 사유를 통해 어떤 틀에도 매이지 않고 자유롭게 정신의 산책을 즐길 수 있는 장르이기 때문이다. 때로는 시도 써보지만, 시의 언어는 아직 필자에게 미지(未知)의 세계로 남아 있다. 수필은 사유의 길 위에서 천천히 걷는 여행이라면, 시는 그 여행 중에 번개처럼 스치는 깨달음의 순간이다. 어떤 예술을 선택하든 중요한 것은 깊이 있는 탐구(探求)다. 예술은 단지 표현의 기술이 아니라 자신의 정신을 살찌우고, 세상을 바라보는 눈을 유연(柔軟)하게 만들며, 흔들리는 시대 속에서 내면의 중심을 붙드는 길이다. 인간은 예술을 통해 자신을 표현하지만, 사실은 예술을 통해 자신을 발견한다. 그 발견의 여정이 바로 '어떻게 살 것인가'에 대한 가장 오래된 대답일 것이다.

미술, 소설, 수필

세상의 사물을 보는 방법이 단 한 가지라면 미술(美術)이라는 장르는 사진기(Camera)의 발명과 함께 이미 사라졌어야 한다. 사물을 있는 그대로 그려내는 가장 정교한 방법은 지금의 높은 화소를 자랑하는 카메라보다 더 정확할 수 없기 때문이다. 하지만 세상의 모든 사물은 바라보는 이의 감각(感覺)과 마음에 따라 전혀 다른 형태와 색채로 해석(解釋)될 수 있다. 만약 정물화(靜物畫)나 초상화(肖像畫)를 실제와 가장 가깝게 그리는 것을 예술의 최고 경지라 여긴다면, 그것은 차라리 사진을 찍는 것이 훨씬 더 현명한 일일 것이다. 그럼에도 초상화가 수없이 많은 형태로 남아 있는 이유는 사람이 인식하는 세계가 단 하나의 시선으로만 해석될 수 없다는 사실을 증명(證明)하기 때문이다.

뭉크(Munch)나 피카소(Picasso)의 그림을 볼 때, 미술에 대한 감각이 전혀 없는 사람이라 하더라도 뭉크의 《절규》를 보면 한눈에 '절규하는 마음'을 느낄 수 있다. 이처럼 미술의 세계는 눈으로 보이는 사실적 이미지(Image)를 넘어 화가가 세상을 해석한 방식, 즉 영혼이 흘린 피의 흔적을 붓으로 옮겨 놓은 세계다. 만약 미술이 해석하는 세상이 고정되어 있었다면 오늘날처럼 다양한 건축물(建築物)이 만들어질 수 없었을 것이며, 저마다 다른 표정을 가진 수많은 조각상(彫刻像)도 세상에 나오지 못했을 것이다. 오랜 세월이 흘러 유물(遺物)로 남은 부처상들 또한 마찬가지다.

우리나라를 대표하는 불교 유물 중 하나인 금동미륵반가사유상(金銅彌勒半跏思惟像)은 신라 시대에 만들어졌다고 전해지지만 그 조각가의 이름은 알 수 없다. 그렇다면 그는 실제로 본 적 없는 '미륵'을 어떻게 형상화(形象化)했을까. 그것은 현실의 재현이 아니라 상상(想像) 속의 부처, 즉 보이지 않는 것을 보는 힘이 만들어낸 결과였다. 이처럼 미술의 세계는 '보여지는 것'과 '보고 싶은 것', '볼 수 있는 것'과 '볼 수 없는 것' 사이의 경계(境界)에서 자신의 내면, 희망(希望), 회한(悔恨)을 담아낸다. 그 작품은 단순한 형태가 아니라 내면의 소리가 밖으로 흘러나와 형상화된 것이다. 그래서 우리는 오래된 미술 작품 속에서 그 시대를 살다 간 사람들의 영혼의 흔적을 마주하게 되는지도 모른다.

시는 우리가 사용하는 언어를 가장 함축(含蓄)적으로 압축(壓縮)해 내면의 핵심을 찌르는, 뇌를 관통하는 스파크(Spark)와 같은 예술이다. 짧은 몇 줄의 시 속에서 열 권의 책을 읽어도 느낄 수 없는 깊은 울림을 받는 이유는 인생이라는 것이 찰나(刹那)와 찰나의 연결이기 때문이다. 점과 점이 이어져 선을 이루듯, 시는 그 한 점의 찰나를 문자로 새긴 예술이다. 그래서 언어를 다루는 모든 예술 중에서 시는 가장 우주적인 언어에 가까운 장르다. 순간을 감각하고 붙잡아 언어로 옮기기 위해서는 세상의 모든 소리에 귀를 열고, 보이지 않는 진동인 우주의 프리퀸시(Frequency)와 자신의 감정을 맞춰야 한다. 그때 비로소 한 줄의 시가 심금(心琴)을 울릴 수 있다.

소설(小說)은 인생의 축소판(縮小版)이다. 우리는 소설을 통해 또 다른 인생을 살아보고 그 속에서 자신의 삶을 비추어 본다. 그래서 소설가는 세상을 바라보는 방식과 인물의 감정을 표현하기 위해 수많은 밤을 자신을 글의 감옥 속에 가둔다. 그리고 셀 수 없이 많은 언어들 속에서 자신이 표현하고자 하는 인물의 감정에 가장 가까운 단어 하나를 찾기 위해 고민하고 또 고민한다. 그때 비로소 독자의 눈에 눈물이 맺히는 언어가 태어난다.

세상은 겉으로 보면 예술과 동떨어져 있는 듯 보인다. 돈이 세상을 움직이는 것처럼 보이지만, 예술은 인간이 직립보행을 가능하게 하는 척추(Spine)와 같다. 예술이 없다면 인간은 서 있을 이유를 잃는다. 예술은 멀다고 생각하면 멀리 있고 가깝다고 느끼면 늘 곁에 있다. 전자책(E-book) 한 줄을 읽거나 시 한 편을 마음에 담는 일은 어렵지 않다. 유튜브에 들어가 '바흐의 G선상의 아리아'를 검색해 듣는 일 또한 결코 어려운 일이 아니다. 인간이 동물과 다른 단 하나의 이유가 있다면 그것은 예술적 감각을 지니고 있다는 것이다. 그 감각 속에는 모든 종교, 철학, 이데올로기(Ideology), 사상이 녹아 있다. 그것이 인간이 단순한 생명체(生命體)를 넘어 '인간'으로 존재함을 증명하는 단 1%의 방법이다.

과학적 사고

유럽이 전 세계 인구(人口)에서 차지하는 비중은 7% 내외에 불과하다. 미국과 호주, 캐나다를 모두 포함하더라도 우리가 흔히 '서양인'이라 부르는 사람들의 총인구는 전 세계 인구의 15%를 넘지 못한다. 그렇다면 인류학적으로 코케이시언(Caucasian) 종족에 속하는 유럽 대륙의 인구가 어떻게 전 세계를 정복할 수 있었을까? 그 근본적인 차이는 바로 과학 문명(Scientific civilization)의 발달 시기와, 과학적 사고를 바탕으로 한 신인류 문명의 창조에 있었다. 해가 지지 않는 나라로 불리던 영국, 해상무역의 주도권을 쥐고 세계를 호령하던 네덜란드, 그리고 아메리카 대륙으로 건너가 잉카·마야·톨텍·아스텍 문명을 정복한 스페인 - 이 모든 유럽 국가들이 전 세계를 손아귀에 넣고 식민지 제국(Colonial empire)을 세울 수 있었던 근원적 힘은 바로 과학이었다.

17세기와 18세기에 들어서면서 과학을 문명화한 유럽과 그렇지 못한 다른 대륙 사이의 격차는, 같은 지구에 사는 같은 사피엔스 종이라고 보기 어려울 만큼 벌어졌다. 과학으로 무장한 그들은 신식 무기와 기술 문명을 통해 전 세계를 지배했다. 지금도 우리는 여전히 그 지배의 연장선상에서 살고 있다고 해도 과언이 아니다. 전 세계 대부분의 사람이 듣는 음악은 서양 음악의 음계 체계(Musical scale system)를 바탕으로 하고, 미술 또한 서구의 시각언어를 기반으로 한다. 각국에는 고유한 예술이 존재하지만, 세계적 영향력을 미칠 만큼의 보편적 언어로 자리 잡은 것은 서구 문화다. 입는 옷, 사는 집, 심지어 종교까지도 마찬가지다.

그렇다면 이렇게 전 세계에 보편적 질서(秩序)를 만들어낸 유럽의 과학적 힘을 인정한다면, 우리나라를 포함한 아시아의 수많은 나라는 어떻게 유럽을 넘어 새로운 세계의 주도권을 되찾을 수 있을까? 세계 유일의 패권국(覇權國)이었던 미국에 도전장을 내민 중국이 진정한 패권국이 되기 위해서는, 서양에서 생산된 지식을 수입하여 사용하는 단계를 넘어서 스스로 새로운 지식을 생산하고 수출하는 단계로 나아가야 한다. 단순히 비슷한 것을 만들어내거나 기존의 것을 리모델링(Remodeling)하는 방식으로는 결코 패권국이 될 수 없다. 미국이 전 세계 인구의 5%에도 미치지 않으면서도 패권국이 된 이유는 창조적 역량(Creative capacity)이 자유롭게 발휘되도록 지적 활동의 자유와 다양성을 국가가 보장했기 때문이다. 그 에너지가 살아 움직이는 한, 그 나라는 스스로를 갱신할 수 있다. 중국이 넘어야 할 산도 바로 그것이다. 인간의 고유한 지적 활동을 정치나 이데올로기(Ideology)의 이름으로 통제한다면 결코 미국을 넘어설 수 없다. 우리나라 또한 마찬가지다.

모든 사고의 근원을 과학적 사고(Scientific thinking)로 전환하고, 그 사고를 일상의 기초로 삼는 국민이 많아질수록, 자신의 삶을 스스로 비추어 보는 능력이 커질수록 우리 또한 세계의 주도국으로 나아갈 수 있다. 기술적 진보(Technological progress)가 인류 사회의 혁명을 가져왔다는 사실을 잊지 말아야 한다. 공자와 맹자를 논하고 천국과 피안(彼岸)을 논하는 일보다 훨씬 중요한 것은, 그 모든 사유의 기반 위에 기술적·과학적 진보가 인류를 변화시킨다는 자각(自覺)이다. 과학은 단지 도구가 아니라 민족의 중흥과 개인의 자유를 가능하게 하는 최상의 선택이다.

사실 동양의 정신세계를 지탱해 온 두 뿌리인 도교와 불교의 창시자, 노자와 부처 또한 지금의 관점에서 보면 과학적 사고의 선구자였다. 그들의 경전(經典)을 읽어보면 그것은 단순한 종교서가 아니라 물리학(Physics), 생물학, 심리학, 정신분석학(Psychoanalysis) 등 다양한 과학적 사유가 녹아 있는 정교한 사상의 체계서에 가깝다. 동양 역시 이 두 거인의 과학적 사유에서 출발했다. 그리고 유럽 근대 과학의 아버지라 불리는 아이작 뉴턴은 무엇을 했기에 그토록 찬사를 받는가? 그는 모든 사람이 당연하다고 생각하던 것들에 "왜 당연한가?"라는 질문을 던졌다. 그 질문이 과학의 문을 열었다. "사과가 왜 땅으로 떨어질까?" 이 자명한 현상을 의심 없는 진리로 받아들이던 세상에서 뉴턴은 그 이유를 묻고, 만유인력(萬有引力)이라는 새로운 패러다임(Paradigm)으로 세상을 다시 해석했다. 모든 과학적 사고의 기초에는 호기심(Curiosity)이 있고, 그 호기심을 현실로 끌어내 살아 움직이게 하는 힘은 질문에 있다. 끊임없이 세상에 질문을 던지고 그 이유를 탐구할 수 있는 능력, 그것이 바로 과학적 사고력이다.

철학적 사고

사이언스(Science)가 외부 세계의 물질문명에 대한 탐구라면, 필로소피(Philosophy)는 자기 자신과의 깊은 대화를 통한 내면(內面)의 정신 활동이자 지적 탐구 과정이다. 과학이 바깥 세계를 향한 탐구라면, 철학은 그 세계 속에서 '나'라는 존재가 어떻게 살아가야 하는가를 묻는 성찰(省察)이다. 과학은 사물의 원리를 밝혀 인간의 삶을 이롭게 하는 새로운 문명을 만들어내고, 철학은 그 문명 속에서 존재의 이유를 묻는다. 과학이 "왜 그렇게 되는가?"라는 질문에 해답을 찾는 일이라면, 철학은 "그것이 우리에게 어떤 의미가 될 수 있는가?"를 되묻는 훈련이다. 이 두 사유의 지적 활동이 만나야 비로소 인간의 문명은 균형을 이룬다.

인류가 만든 모든 문명은 '왜?'라고 묻는 질문에서 시작되었다. 뉴턴(Newton)이 사과가 떨어진다는 사실에 의심을 품고 질문을 던졌듯, 모든 철학적 탐구는 자기 자신에게 질문을 던지는 것에서 시작된다. 세상의 수많은 사람은 자신이 어떻게 살 것인가에 대한 해답을 외부에서 찾으려 애쓰지만, 그 질문에 대한 대답은 오직 자기 자신만이 할 수 있다. 나는 어떻게 살다 가고 싶은가에 대한 질문을 자신에게 많이 던지는 사람은 인생의 길을 훨씬 빨리 찾아낼 수 있다. 질문과 대답이 만날 때, 음극과 양극이 만나 전기가 생산되듯 새로운 빛이 내면에서 생산되기 때문이다.

과학이 외부 세계를 이해하는 내비게이션(Navigation)이라면, 철학은 과속 단속 구간이나 요철 구간을 알려주는 음성 안내 서비스와 같다. 만약 음성 안내가 없다면 우리는 자신도 모르게 위험에 빠지거나 대가(代價)를 치러야 할 것이다. 철학이 없는 기술 문명은 인간을 위한 문명이 아니라 도구를 위한 문명으로 전락할 수 있다. 그런 상태가 지속된다면 인간이 에이아이(AI)의 지배로부터 자유로울 것이라 보장할 수 없다. 인간을 지키는 힘은 과학 문명과 함께 철학적 사유의 힘이 지탱될 때 비로소 발휘되며, 그때 비로소 우리는 기계와 다른 인간으로 남을 수 있다.

철학적 사고는 거창한 사상가의 특권이 아니다. 하루를 살며 "나는 왜 이렇게 행동하는가?", "지금의 선택은 누구를 위한 것인가?", "이 선택이 나와 타인을 행복하게 하는가?"라고 묻는 순간 이미 철학은 시작된다. 철학은 지식이 아니라 삶의 애티튜드(Attitude)다. 플라톤(Plato)의 이데아 세계나 공자의 군자(君子)의 길, 장자의 자유가 공통으로 가리킨 것은 단 하나, 스스로 생각하는 인간이었다. 세상이 정해준 규칙 속에서도 자신의 길을 발견할 줄 아는 사람, 그가 바로 철학적 인간이다. 그런 사고가 뒷받침될 때 과학도 생명을 얻는다. 철학이 없는 과학은 사용될 수는 있으나 새로운 창조(創造)로 연결되지는 못한다.

지금 시대가 직면한 위기는 지식의 양이 모자라서 생긴 것이 아니라 생각의 양이 부족해서 생긴 것이다. 생각의 결핍(缺乏)은 생존을 위협하는 비타민 결핍과도 같다. 사람들은 유튜브(YouTube)를 포함한 수많은 매체에서 정보를 받아들이는 데는 익숙하지만, 자기 스스로에게 질문을 던지는 데는 인색하다. 철학적 인간이란 질문하는 인간이다. 그 누구도 아닌 자기 자신에게 하는 질문이 깊어질수록 새로운 길이 열린다. 그때야 비로소 자기가 가고 있는 길이 정말 옳은 길인지, 행복한 길인지 알 수 있게 된다.

과학의 진보(進步)가 세상을 이끌었다면, 철학은 그 진보가 인간과 만나 어떻게 삶을 이롭게 할 것인지 성찰하는 과정이다. 과학이 엑셀러레이터(Accelerator)를 밟고 속도를 올린다면, 철학은 브레이크(Brake)를 밟고 방향을 전환한다. 시속 300km로 달리는 자동차라도 브레이크와 타이어 성능이 온전하지 않다면 그것은 죽음으로 질주하는 기계일 뿐이다. 밤길을 운전할 때 헤드라이트(Headlight)가 가장 중요하듯, 과학이라는 자동차에 철학이라는 헤드라이트가 반드시 필요하다. 사피엔스(Sapiens), 즉 생각하는 인간이란 과학과 철학이 만나는 지점에서 인류의 생존 조건을 찾아가는 존재다. 삶의 모든 순간 스스로에게 질문을 던지고 그 답을 구하고자 하는 인간이야말로, '어떻게 살 것인가'라는 질문에 끊임없이 답하며 살아가는 사람이다.

포모(FOMO) 심리현상

포모(FOMO: Fear of Missing Out)란 '놓치는 것에 대한 두려움'을 뜻한다. 직역하면 '미스 아웃(Miss Out)', 즉 누락(漏落)이나 소외에 대한 공포다. 이는 현대 경제 용어이자 행동심리학(Behavioral Psychology)의 핵심 화두이기도 하다. 우리나라 코스피(KOSPI)가 사상 처음으로 4,000포인트를 넘어섰다. 이를 과열(過熱)로 보는 시각도 있고, 코리아 디스카운트가 해소되며 5,000포인트까지 무난히 오를 것이라 보는 애널리스트(Analyst)와 이코노미스트(Economist)들도 있다. 시장을 바라보는 다양한 해석이 쏟아지는 지금, '포모현상'은 주식시장뿐 아니라 우리 삶 전반에서 스스로에게 던져야 할 중요한 질문이다.

놓치고 싶지 않은 두려움이 시장에 작동하면 부동산의 '영끌·빚투'처럼 지금 기회를 놓치면 영영 뒤처질 것 같은 심리가 지배한다. 자신이 팔았던 주식이 폭등하거나 미처 사지 못한 종목이 급등하면 '벼락거지'가 된 듯한 기분에 날아가는 주식을 추격 매수하다 꼭대기에서 잡곤 한다. 반대로 폭락장이 오면 손실공포에 질려 손절(損切)을 반복한다. 소액 투자를 하는 필자 역시 늘 경계하는 것이 바로 이 포모 심리다. 불타오르는 시장 앞에서 냉정(冷情)을 유지하기란 결코 쉽지 않다. 워런 버핏의 스승 벤저민 그레이엄(Benjamin Graham)은 "주식시장은 가까이서 보면 투표장이고 멀리서 보면 저울이다"라고 말했다. 결국 독점적 지위를 가진 우량한 기업은 파도에 쉽게 흔들리지 않는다.

우리는 일상의 수많은 곳에서 이런 심리의 노예가 되어 살아간다. 카카오톡(KakaoTalk)에 올라온 지인들의 사진을 보면 세상에서 가장 불행한 사람이 자신처럼 느껴질 때가 있다. 사진 속 그들은 매일 축제 같은 화려한 인생을 사는 듯 보이지만, 그것이 그들의 인생 전체를 대변(代辨)하는 것은 아니다. 타인의 눈을 의식하다 보면 결국 내 삶에 꼭 필요하지 않은 것들까지 소유하게 된다. 다이소나 당근마켓을 애용하는 필자가 중고 물품을 자주 사는 이유는 명확하다. 심리적 만족감이 높고, 새 제품 가격의 몇 분의 일 수준으로 좋은 물건을 얻을 수 있기 때문이다.

새 차나 새 집을 사는 행위 역시 넓은 의미의 포모 심리에 해당한다. 사람은 자신이 타고 다니는 차를 스스로의 눈으로 바라볼 수 없다. 차를 보는 이는 타인(他人)이다. 요즘 자동차는 경차를 제외하면 성능이 대동소이하다. 최근 동생의 제네시스 G90을 타고 어머니 제사에 다녀오며 느낀 점은 내부 기능이 아반떼와 크게 다르지 않다는 것이었다. 자동차의 본질은 이동(移動)이며, 주택의 본질은 편안한 거주(居住)다. 다산 정약용 선생이 상추에 된장을 싸 먹을 때 지인이 맛이 있느냐 묻자, "입을 속이는 일이지요"라고 답했다. 화려한 음식이 반드시 건강에 이로운 것은 아니다. 진정한 식사는 가격이 아니라 심신(心身)이 편안한 상태에서 자연이 허락한 음식을 먹는 데 있다.

지적 사유(思惟)가 확장되지 않고 자신의 가치를 발견하지 못하는 사람은 언제나 타인과 비교하며 조바심을 낸다. 삶을 소유물과 동일시하는 한 포모 심리는 당신을 끊임없이 괴롭힐 것이다. 세상에서 가장 부유한 사람은 단순히 돈을 벌기 위해 사는 사람이 아니다. 돈 걱정 없이 하고 싶은 일을 하며 살다가 떠나는 것이 만인의 소망일진대, 그 금액이 과연 얼마여야 하는가. 만약 당신에게 100억 원이 주어진다 한들 삶에 완전한 만족을 느낄 수 있을까. 100억 원이 있어야만 자유로울 수 있다고 믿는다면, 당신은 그 이상의 재산을 갖더라도 진정한 자유의 감각을 느끼지 못한 채 죽음을 맞이할지도 모른다.

현재에 만족하지 못하는 삶은 결국 스스로 일으킨 탐욕(貪慾) 때문이다. 소유욕은 바닷물과 같아서 마실수록 갈증이 난다. 자신의 완전한 자유가 물질과 무관하다는 사실을 깨닫는 순간, 맑은 샘물을 마신 듯한 평온(平穩)이 찾아온다. 남을 따라 하는 인생을 살고 싶지 않다면 자신을 깊이 돌아보아야 한다. 나는 누구인가, 어떻게 살 것인가, 그리고 어떻게 죽음을 맞이할 것인가. 인간은 한정된 시간을 살다가 공(空)에서 와서 공으로 돌아가는 존재임을 잊지 말아야 한다.

진화론

이 글을 쓰게 된 것은 필자의 글을 매일 새벽 읽어주시는 한 애독자께서 반야심경(般若心經) 해설 글을 보시고 '윤회론과 진화론의 차이'에 대해 궁금해하는 댓글을 남겨주셨기 때문이다. 내친김에 니체(Nietzsche)의 영원회귀(Eternal Return) 사상까지 함께 정리해 드리고자 한다.

가장 먼저 다루게 되는 진화론(Evolution theory)은 찰스 다윈(Charles Darwin)이 주장한 생물 종(種)의 변화와 생성에 관한 이론이다. 다윈은 아주 오래전 인물처럼 느껴지지만 사실은 약 200년 전 사람이다. 그는 영국 해군 탐사선 비글호(HMS Beagle)를 타고 세계 일주를 하던 중, 갈라파고스 제도에서 비슷하지만 조금씩 다른 핀치새들을 관찰하며 중요한 통찰을 얻게 된다. 그 이후 끊임없는 연구를 거듭한 끝에 1859년 『종의 기원(On the Origin of Species)』을 출간하여 인간을 포함한 생명체의 기원에 대한 커다란 화두를 세상에 던졌다.

당시 유럽 사회를 지배하던 관념은 "하느님이 모든 생명을 창조했다"는 창조론(Creationism)이었다. 따라서 다윈의 이론은 이를 정면으로 반박하는 파격적인 주장이었다. 오늘날까지도 창조론과 진화론의 논쟁은 계속되고 있다. 무엇이 옳은지 단정하기 어렵지만, 기독교적 신앙 체계를 가진 이들은 창조론에 더 마음이 기울 것이고, 그 외의 사람들은 진화론을 보다 과학적이고 합리적인 사고체계로 받아들일 것이다. 그러나 어떤 견해를 택하든 생명의 진화 과정을 탐구한 다윈의 개척자적 정신 앞에서는 고개가 숙여진다.

다윈의 진화론은 자연선택설(Natural Selection)이다. 모든 종은 생존을 위해 끊임없이 변하며, 다음 세대에 더 유리한 유전자를 남기기 위해 진화한다는 것이다. 이 과정은 수만 년, 수백만 년에 걸쳐 일어난다. 예를 들어 지구상의 모든 포유류의 조상이 쥐와 비슷한 생명체라고 한다면 믿기 어려울 수도 있다. 그러나 약 6,500만 년 전, 지구에서 다섯 번째 대멸종이 일어난 후 전체 생명의 75%가 사라졌을 때 남은 생명체들이 서서히 진화하여 오늘날의 생명계를 이루게 되었다. 그 가운데 살아남은 포유류 조상이 바로 쥐와 유사한 동물이었으며, 그 존재가 훗날 모든 포유류의 근원이 되었다. 이 과정에서 살아남은 것은 힘센 종이 아니라 환경에 적응한 종이었다. "강한 자가 살아남는 것이 아니라, 변화에 적응한 자가 살아남는다." 이는 인간 사회에도 그대로 적용된다. 강한 사람은 부러지기 쉽지만, 적응력 있는 사람은 끝내 살아남는다. 생존을 위한 본능적 몸부림이 만들어낸 법칙이 바로 자연선택의 원리다.

리처드 도킨스(Richard Dawkins)는 『이기적 유전자(The Selfish Gene)』에서 아무리 완벽한 복사기를 사용해도 복사를 반복하다 보면 원본과는 조금 다른 결과물이 생긴다고 설명한다. 즉, 수없이 복제되는 과정 속에서 우연한 변이(Variation)가 생기고, 그 변이가 세대를 거치며 축적되어 새로운 종으로 발전하는 것이다. 그 중심에는 바로 유전자(Gene)가 있다. 인간의 유전자는 23쌍, 총 46개다. 만약 하나라도 결손되거나 과잉되면 기형아가 태어날 수 있다. 지구상에 똑같이 생긴 인간이 단 한 명도 없다는 사실, 지문과 홍채가 모두 다르다는 점이 바로 생명의 위대함이자 진화의 산물이다.

진화는 어떤 '목표'를 향해 나아가는 과정이 아니라 변화하는 환경에 적응하기 위한 결과, 즉 우연(偶然)의 누적이다. 하지만 우연이라 해서 아무 의미가 없는 것은 아니다. 깊이 몰입해 본 사람이라면 안다. 오랜 집중 끝에 섬광처럼 떠오르는 통찰은 결코 단순한 우연이 아니라 몰입이 축적된 선물임을. 많은 위대한 발명과 발견이 이처럼 '우연 속의 필연'으로 탄생했다.

진화론이 우리에게 던지는 철학적 메시지는 불교의 공(空) 사상과 놀라울 만큼 닮아 있다. 세상에는 '그렇게 되어야만 하는 필연'이 따로 있지 않다. 인연(因緣)에 따라 모든 것이 생겨나고 사라진다. 당신이 지금 겪고 있는 일들 역시 처음에는 우연처럼 보이지만 당신의 선택을 통해 필연으로 바뀐다. 지금 만나는 사람들도 당신의 선택으로 필연이 되었다. 주식시장도 마찬가지다. 우연히 선택한 종목이 당신의 결정에 따라 수익이 되기도, 손실이 되기도 한다. 그러나 그 인연을 이어갈지 멈출지는 오로지 당신에게 달려 있다. 그 선택이 인생의 진화 방향을 바꾼다. 진화론과 공 사상은 서로 다른 언어로 말하고 있지만 본질적으로 같은 진리를 향해 있다. 모든 것은 인연 따라 생겨나고 인연 따라 사라진다. 그 변화 속에 진보가 있다. 진화는 곧 생명의 공(空)이다. 공은 허무가 아니라 변화를 통해 존재를 확장해 가는 살아 있는 진리다.

윤회론

세상 모든 것이 그렇게 만들어진 이유가 있어서 만들어진 것은 아니지만, 그렇다고 이유 없이 만들어지는 것도 아니다. 진화론(Evolution theory)에서 살펴보았듯, 생명의 창조란 인연(因緣)의 만남으로 인해 다음 세대에 자신의 종을 보존하고자 하는 생명 법칙, 곧 자연선택(Natural selection)의 결과다. 그렇다면 윤회론과 진화론은 어떻게 다른가? 진화론이 종의 유전자 생존과 적응을 위해 자연이 선택한 결과라면, 윤회론은 자신이 삶 속에서 세상을 해석한 방식에 따라 행한 행동의 결과로 다음 생이 결정된다는 생명의 순환 논리(Logic)다.

이번 생에서 행한 모든 행동은 업(業, Karma)이라는 장부에 기록되고, 그 장부에 따라 다음 생의 생명이 정해진다. 진화론은 지금 개로 태어난 생명이 새끼를 낳아 자신의 유전자를 남길 뿐 다시 다른 생명으로 태어나는 일은 없다고 말한다. 하지만 윤회론은 이번 생에 자신이 쌓은 업의 결과로 다음 생에 다른 형태의 유전자로 태어난다고 본다. 상식적인 사람이라면 이런 허무맹랑한 이야기를 믿을 수 없다고 반문할지도 모른다. 증명할 수 없는 것을 강요하는 종교를 왜 믿어야 하느냐고 말이다. 그러나 세상에는 증명할 수 없는 불가지(不可知)의 영역이 무수히 많다. 그리고 그 불가지론(Agnosticism)이 생겨난 이유는 그것을 통해 인간이 어떻게 살아야 인간답게 살다 갈 수 있는가를 가르쳐주는 하나의 방편(方便)으로 삼기 위함이라 생각하는 것이 가장 합리적이다.

진화론이 우리 몸을 이루는 신체의 연속성과 생존을 위해 유전자가 수행하는 일, 그리고 그 유전자가 대를 이어 전달되는 과정에서 일어나는 가능성의 세계를 말한다면, 윤회론은 몸보다는 의식(Consciousness)의 연속성을 말한다. 즉, 우리의 의식이 일으킨 일들에 대해 어떤 형태로든 그 결과에 대한 책임을 져야 한다는 논리에서 출발한다. 이것은 죽고 나서 다음 생에 몸을 다시 받는 일에만 국한되지 않는다. 한 생을 살아가다 보면 자신의 의식이 뿌려놓은 씨앗은 어떤 형태로든 현재의 삶 속에서 열매를 맺는다. 그것은 반드시 '다음 생'에서만 깨닫는 일이 아니라 지금 이 생에서도 충분히 깨달을 수 있는 일이다.

필자가 생각하기에 윤회론의 가장 합리적인 이해 방식은 "다음 생을 위해 선업을 쌓아야 한다"는 전통적인 해석이 아니다. 그러한 방식은 지금의 삶을 변화시키거나 자유로 가는 문을 열어주지 못한다. 우리는 이번 생 안에서 윤회가 일어난다는 사실을 깊이 깨달아야 한다. 그것이 진정으로 윤회론을 이해한 사람의 삶이다. 죽은 뒤에 천국에 가거나 다음 생을 기다리는 방식으로는 당신의 삶을 개선할 수 없다. 당신의 의식 활동 하나하나가 머지않은 시간 속에서 결과로 돌아온다는 것을 깨닫지 못한다면, 당신의 삶은 아직 정상 궤도에 오르지 못한 것이다.

단 하나만 기억하라. 오직 지금 이 순간, 당신의 의식이 만들어내는 생각과 행동이 이번 생의 윤회로 이어진다. 그것이 내일이든, 한 달 뒤든, 혹은 1년 후든 틀림없이 당신의 삶을 지배하게 될 것이다. 그러니 오직 지금 이 삶에 집중하라. 그것이 바로 윤회의 진리를 깨달은 자의 삶이다.

영원회귀

불교에서 말하는 윤회론(輪廻論)과 니체(Nietzsche) 사상의 핵심이라 할 수 있는 영원회귀는 얼핏 닮아 있는 듯하지만 그 본질은 다르다. 물론 진화론(Evolution theory)과도 완전히 다르다. 니체가 우리에게 던지는 화두(話頭)는 단 하나다. "당신의 삶이 영원히 반복된다면, 당신은 지금의 삶을 어떻게 살겠는가?" 우리는 종종 농담처럼 말한다. 다음 생에는 부잣집에 태어나고 싶다거나, 자상하고 잘생긴 남편을 만나고 싶다고. 혹은 키 크고 아름다운 여자로 태어나 유명 배우처럼 살며 멋진 신랑을 만나고 싶다고 말이다. 그러나 그것은 단지 망상(妄想)일 뿐이다.

니체의 영원회귀(Eternal Return) 사상은 이런 허망한 꿈이 아니라, 지금 이 순간의 삶을 가장 활기차고 진실하게 살아가야 한다는 명령(命令)이다. 그 이유는 명확하다. 지금 이 순간 당신이 세상을 바라보는 그 생각 그대로가 무한히 반복될 것이기 때문이다. 당신이 지금 행복하다고 느낀다면 다음 생에도, 그다음 생에도 똑같은 날짜, 똑같은 시간, 똑같은 나이로 그 행복을 다시 느끼게 될 것이다. 그러나 그 반대로 지금 이 순간 불행을 원망하고 삶을 부정(否定)하고 있다면, 그 또한 똑같은 모습으로 영원히 되풀이될 것이다.

그러므로 영원회귀는 삶의 모든 순간을 있는 그대로 긍정(肯定)하는 힘을 요구한다. 불행조차 긍정할 수 있는 눈, 고통 속에서도 생을 사랑할 수 있는 힘, 그것이 니체가 말한 아모르 파티(Amor Fati, 운명을 사랑하라)의 정신이다. 이 긍정의 힘으로 삶을 해석할 수 있는 사람, 그 사람은 남은 생의 모든 순간을 극(極)긍정의 에너지로 살아갈 것이며, 그때 그는 진정한 위버멘쉬(Übermensch), 즉 초인(超人)의 단계에 도달한 사람이라 할 수 있다.

윤회론은 지금의 삶을 도덕적이고 선하게 살아야 다음 생에 쌓은 업(業)에 따라 더 나은 생을 얻는다고 말한다. 하지만 영원회귀는 그와 다르다. 영원회귀는 업을 소멸하거나 다른 세계로 건너가기 위한 바라밀다(Paramita)의 길이 아니다. 지금의 삶이 바로 다음 삶의 연속선상에 있고, 지금 이 순간의 모든 행동과 생각이 그대로 복사(Copy)되어 무한히 반복된다면 당신은 지금 어떤 자세로 살아야 하는가? 그 답은 자명하다. 지금 이 순간의 당신의 태도가 곧 영원의 삶을 결정한다.

당신이 만나는 모든 사람을 사랑하고 당신에게 밀려오는 모든 사건을 긍정할 수 있다면, 그 사랑과 긍정은 영원히 반복되어 당신의 모든 생에서 다시 피어날 것이다. 니체가 바란 영원회귀의 삶이란 세상이 불행이라 부르는 일, 실패라 부르는 일, 고통이라 부르는 일조차 사랑할 수 있는 사람의 삶이다. 그 사랑이 완성된 순간 당신의 인생은 더 이상 고통의 연속이 아니라 찬란한 축복(祝福)의 반복이 된다. 왜냐하면 당신은 이미 조건 없는 긍정으로 위버멘쉬를 완성한 사람이기 때문이다.

사랑의 이름으로

세상에서 가장 지혜(智慧)로운 사람은 혼자서 묵묵히 모든 일을 해내는 사람이 아니다. 진정한 지혜란 주변 사람들의 도움을 잘 이끌어내고, 그 도움을 통해 자신도 성장(成長)하며 상대방도 함께 성장하게 하는 능력에 있다. 우리는 종종 동업(同業)을 하다가 패가망신하거나 의절(義絶)하고, 사람도 돈도 잃은 경우를 본다. 흥미로운 것은 어떤 편의 말을 들어도 서로가 서로를 원망한다는 점이다. 동업자 두 사람을 따로 만나보면 한결같이 "상대를 잘못 만나 내 인생이 꼬였다"고 말한다. 인간관계(人間關係)란 이처럼 언제나 양쪽 모두의 이야기가 있는 법이다.

인간관계에서 어느 한쪽이 무한히 다른 한쪽을 사랑할 수 있는 관계는 존재하지 않는다. 그것은 부모와 자식 사이의 천륜(天倫)조차 예외가 아니다. 그래서 서로 사랑하는 사이라 하더라도 '사랑'이라는 이름의 피난처(避難處)가 두 사람의 관계를 완벽하게 지켜줄 것이라 믿는 것은 어리석은 일이다. 아무리 밤하늘의 별도 달도 따다 줄 것 같은 사랑이라도 균열(龜裂)은 언제나 작은 틈에서 시작된다. 대부분의 남녀가 헤어지거나 부부가 이혼(離婚)하는 이유를 들여다보면, 정말로 함께 살 수 없을 만큼 치명적인 결함이 있어서가 아니라 지극히 사소한 이유들이 쌓여서 그렇게 된 경우가 많다. 타인에게는 별것 아닌 일처럼 보이지만 당사자에게는 도저히 참고 살 수 없는 문제로 느껴진다. 사랑이 무너지는 것은 사건이 커서가 아니라 마음의 간극(間隙)이 커서이다.

사람은 혼자 살아갈 때는 모든 일을 스스로 해나가야 한다고 생각한다. 그러다가 동업을 하거나 결혼을 하게 되면 이제는 "누군가의 도움을 받을 수 있다"는 기대(期待)를 품는다. 문제는 바로 그때부터 시작된다. 사람들은 자신이 베푼 도움이나 공로(功勞)는 크게 생각하면서도 상대가 베푼 도움은 당연한 것으로 여긴다. 이 작은 불균형이 서운함(Disappointment)을 만들고, 그 서운함이 쌓여 결국 관계는 파국(破局)으로 향한다. 서로에 대한 기대심리(Expectation)가 너무 크면 그 기대에 미치지 못하는 행동 하나하나가 서운함으로 다가온다. 기대가 없는 사람에게는 서운함이 생길 수 없다. 서운함은 상대가 준 것이 아니라 내가 기대했기 때문에 생긴 결과다.

기대 없이 베풀어라 (Give without Expectation)

대부분의 담백한 인간관계는 익스펙테이션(Expectation, 기대)보다는 기브(Give, 베풂)에서 온다. 그리고 진정한 '기브'란 테이크(Take, 보답)를 바라지 않는 것이다. 예를 들어 지인들과 식사를 하고 밥값을 계산한 뒤 '내가 밥 한 끼 샀다'는 마음을 남긴다면 그 속에는 이미 돌려받고 싶은 마음이 있다. 그렇다면 애초에 각자 계산하는 '엔빵(Dutch pay)'을 하는 편이 현명하다. 지혜로운 사람은 준 것은 잊고 받은 것은 잊지 않는다. 작은 도움 하나에도 감사(感謝)할 줄 알고, 호의를 베푼 사람을 늘 마음속에 기억한다.

인간관계를 하다 보면 내가 가진 것을 아낌없이 퍼주고도 아깝지 않은 사람이 있는가 하면, 아주 사소한 도움조차 주기 싫은 사람도 있다. 만약 당신이 삶을 풍요롭게 하고 싶다면 당신을 떠올릴 때마다 미소가 지어지는 사람이 되어라.

그런 사람이 되면 세상의 수많은 사람으로부터 도움을 받을 수 있고 또 이끌어낼 수 있다. 세상은 결국 기버(Giver, 주는 사람)가 움직인다. 큰일을 도모하는 사람일수록 언제나 주는 사람이지 받는 사람이 아니다. 언제나 "나는 상대에게 무엇을 줄 수 있을까?"를 생각하는 사람은 자신을 풍요롭게 하고 상대방 또한 풍요롭게 하는 마법 같은 힘을 갖게 된다. 자, 오늘 친한 벗에게 전화해 보라. "한잔하자"고 말하고 그 자리에서 당신이 술값을 계산해 보라. 그 순간 당신의 마음은 이미 사랑의 이름으로 자유(自由)로워진다.

사랑의 하모니

얼마 지나지 않아 새해가 되면 필자는 새로운 인연(因緣)을 만난다. 16개월 동안 서로를 알아가며 가까이 지내온 여인과 이제 내 생애 마지막 사랑을 시작하려 한다. 다사다난(多事多難)했던 인생길에서 두 번의 인연을 만났다. 한 번은 내가 그녀를 떠났고, 또 한 번은 그녀가 나를 두고 하늘로 떠났다. 그 두 번의 인연을 뒤로하고 이번에는 내 인생의 마지막 인연이 되기를 바라는 마음으로 새로운 삶을 시작하려 한다. 황혼(黃昏)에 시작하는 사랑은 지나간 시간 동안 부족하고 모자랐던 것들을 보완하며, 서로의 남은 인생에 단 한 뼘이라도 더 행복한 날들을 만들기 위한 노력의 여정(旅程)이다.

너무 많은 기대는 실망을 부른다. 그래서 이번에는 서로에게 바라는 것을 채워달라 요구하는 관계보다는, 상대가 바라는 것을 이해하고 채워주는 관계로 살아가고자 한다. 그렇다면 남은 인생길에서 만날 큰 파도도 서퍼(Surfer)처럼 유연하게 타고 넘어갈 수 있지 않을까. 부부가 다투거나 이혼할 때면 주변 사람들은 늘 "왜 그랬어?", "웬만하면 맞추고 살지 그랬어"라고 말한다. 하지만 '맞추며 산다'는 것이 얼마나 어려운 일인지 모르는 사람은 없다. 대부분의 관계가 무너지는 이유 또한 바로 그 어려움에 있다. 무슨 이유에서건 맞추며 산다는 것은 두 사람의 공동 노력이 필요하다. 그러나 상대가 맞추지 않을 때 우리가 할 수 있는 유일한 방법은 내가 먼저 맞추는 것이다.

연애 기간이 필요한 이유는 서로가 서로에게 맞는 사람인지 탐색(探索)하기 위함이다. 그러나 사랑의 콩깍지가 씌어 있는 동안에는 그 판단이 쉽지 않다. 그래서 연애는 시간을 두고 상대를 알아가는 과정이다. 아무리 화려하고 멋진 옷이라도 사이즈(Size)가 맞지 않으면 내 옷이 아니다. 그 화려한 옷을 입고 싶은 욕심에 몸에 맞지 않는 옷을 입고 평생을 살 수는 없다. 하지만 사람의 관계는 옷 고르기와는 다르다. 자신의 생각이나 태도를 바꾼다면 웬만한 경우는 '맞추며' 살아갈 수 있다. 사람의 키는 성장 이후 바꿀 수 없지만, 몸은 노력 여하에 따라 변화가 가능하다. 마찬가지로 인간관계도 상대에게 맞추려는 의지와 노력이 있다면 충돌보다는 조화(調和)로 나아갈 수 있다.

절식과 운동 없이 살이 빠지기를 바라는 것은 신의 영역이다. 서로가 맞추려는 노력을 하지 않으면서 상대만 나에게 맞추기를 바라는 것 또한 신의 영역이다. 두 사람이 손을 잡고 '맞춤'이라는 다리를 건널 때, 남은 한 손에 꼭 함께 쥐고 가야 할 것은 이해(理解)와 배려(配慮)다. 만약 두 손만으로 충분히 그 다리를 건널 수 있다고 생각한다면, 그들은 아직 그 다리가 유료 도로(Toll road)임을 모르는 사람들이다. 어디서 출발하든 부산의 광안대교를 건너려면 통행료를 내야 한다. 사랑의 길 위에 놓인 '맞춤의 다리' 또한 그렇다. 물론 그 다리를 건널 때 돈이 필요한 것은 아니다. 하지만 그 통행료의 지불 수단은 바로 이해와 배려다.

그 지불 수단을 갖추지 않고 출발한다면 두 사람은 사랑이라는 이름으로 건너야 할 다리 입구에서 되돌아올지도 모른다. 하이패스(Hi-pass)가 장착되지 않은 차가 광안대교를 건너면 청구서가 도착하듯, 사랑의 다리도 결국 이해와 배려의 청구서를 보낼 것이다. 화려한 옷보다 몸에 맞는 옷을 선택하라. 그 옷이

작아지거나 커지는 이유는 옷이 변한 것이 아니라 당신이 변했기 때문이다. 그 사실을 잊지 않는다면 당신은 사랑이라는 하모니(Harmony)로 인생의 심포니 오케스트라(Symphony orchestra)를 아름답게 연주할 수 있을 것이다.

변화하기에 너무 늦은 때는 없다(It's Never Too Late to Change)

1965년부터 60년 동안 주주 서한을 써 온 위대한 투자자 워런 버핏(Warren Buffett)의 마지막 서한에는 이 한 문장이 담겨 있었다.

"It's never too late to change."
— 변화하기에 너무 늦은 때는 없다.

이 한마디를 읽고 늦은 나이에 주식 투자를 시작한 필자는 문득 생각했다. '내가 어떤 마음가짐으로 세상을 살아가야 하는가?' 그 답은 바로 이 문장 안에 있었다. 돈을 버는 일은 단순한 기술이 아니라, 도(道)의 경지에 이른 사람의 정신세계와도 맞닿아 있다는 깨달음이었다. 우리는 흔히 돈을 많이 버는 사람은 타고난 운이 좋거나 부모에게 물려받은 유산이 많아서 그렇다고 말한다. 그러나 유산을 상속받아 부를 이어받은 사람과 맨손으로 스스로 일군 자수성가형 부자의 정신세계는 같을 수 없다. 진정한 변화는 외부의 조건이 아니라 내면의 결단에서 비롯된다.

사람들은 언제나 "지금은 때가 아니야, 조금만 더 기다리자"라거나 "기회가 오면 언제든 바꿀 준비가 되어 있다"고 말한다. 그러나 그 '언제든'은 대체 언제인가? 운동이 필요하다는 걸 알면서도 시간이 없다고 말하고, 배움은 끝이 없다고 하면서도 직장 생활이 힘들다며 핑계를 댄다. 책을 읽지 않는 이유는 시간이 없어서이고, 누군가를 돕지 못하는 이유는 아직 여유가 없기 때문이라 한다. 그런데 변화(變化)란 익숙한 것으로부터의 탈출이다. 모든 변화는 이전의 나와의 이별이다. 습관과의 이별, 게으름과의 이별, 핑계와의 이별, 부정적인 생각과의 이별, 그리고 미움과의 이별이다.

변화는 낯설다. 그래서 두렵다. 그러나 그 낯섦이 바로 성장의 증거이고, 그 두려움이 바로 변화를 향한 문턱이다. 필자 또한 일흔의 나이에 대학원을 졸업할 예정이다. 철학과 진학 예정이며 철학 박사 학위를 목표로 한 걸음씩 나아가고 있다. 지치지 않는 열정으로 그 길을 걷는다면 언젠가 진정으로 "늦은 시작의 결실"을 맺게 될지도 모른다. 결코 늦은 때란 없다. 왜냐하면 오늘이라는 날은 언제나 프레시 로 데이(Fresh Raw Day), 즉 당신이 살아오며 맞이한 최초이자 최후의 날이기 때문이다. 오늘은 결코 어제의 반복이 아니다. 그것은 당신이 새로 태어나는 날이다.

이제 위대한 스승 워런 버핏의 목소리에 귀 기울여 보자. 그의 메시지는 단순한 투자 조언이 아니라 삶의 철학적 선언이다. 우리의 나이, 과거의 실패, 잃어버린 시간은 변화의 걸림돌이 아니라 변화의 이유가 된다. 변화하기에 너무 늦은 때는 없다. 지금 이 순간이 바로 당신이 새로 태어나는 순간이다.

썩어가는 뇌

우리 일상생활 속 수많은 행동 패턴이 우리가 알지 못하는 사이에 우리의 뇌를 조금씩 썩게 만들고 있다는 사실을 알아야 한다. 그것은 어딕션(Addiction, 중독)이라는 바이러스가 우리의 뇌를 병들게 하고 있다는 것을 깨닫는 일이다. 설탕이 우리나라에 들어와 보통의 서민이 쉽게 먹을 수 있게 된 것은 그리 오래된 일이 아니다. 재화와 물질의 이동 속도가 빨라지고 정보의 이동 속도까지 높아지면서, 과거에는 먹지 않았거나 시도하지 않았던 수많은 것들을 우리는 언제든 손만 뻗으면 얻을 수 있는 환경 속에 살고 있다.

코카콜라(Coca-Cola)라는 탄산음료는 전 세계적으로 압도적인 시장 지배력과 마니아층을 가진 회사다. 100년이 넘는 시간 동안 거의 독점적 지위를 유지해 온 코카콜라는 누가 뭐라 하더라도 '설탕 덩어리' 그 자체다. 그런데도 이 음료에 중독(中毒)된 사람이 적지 않다는 것 또한 모두가 알고 있다. 패스트푸드와 코카콜라가 찰떡궁합인 것도 피자, 햄버거, 치킨 같은 음식 뒤에 남는 느끼함을 단숨에 씻어주는 그 청량감 때문이며, 그 결과 수많은 중독자가 생겨났다. 자본주의 사회의 가장 큰 장점이자 동시에 최악의 단점은 누구나 언제나 어디서나 중독성이 강한 것들을 거의 제한 없이 선택할 수 있다는 데 있다.

우리는 수많은 중독에 노출되어 있다는 사실을 스스로 알지 못한다. 필자 또한 몇 가지 중독에서 자유롭지 않음을 인정하지 않을 수 없다. 전 세계 모든 사람이 중독되어 있는 휴대폰을 포함해 일상생활에 심각한 지장을 줄 만큼 게임에 빠진 이들, 그리고 술과 담배처럼 건강에 치명적인 영향을 미치는 대표적 중독까지-이 모든 것들은 이미 삶의 깊은 한가운데 놓여 있다. 그러나 중독과 절제(節制)의 사이 그 어딘가쯤에 우리가 머물러 있다면 우리는 아직 중독에서 헤어나올 가능성을 지닌 셈이다. 결국 핵심은 스스로 중독에 대한 셀프 컨트롤(Self-control, 자율 기능)을 갖추고 있느냐 없느냐에 있다.

심지어 우리가 매일 먹는 탄수화물조차 중독성이 있다고 한다. 똑같은 술을 마시고도 어떤 사람은 중독되고 어떤 사람은 그렇지 않은 이유는 무엇일까? 그것은 술이 특별히 독해서가 아니라 중독성을 가진 술을 마신 뒤 절제할 수 있느냐 없느냐, 그 차이 때문이다. 현대인의 삶은 중독성 있는 음식, 놀이문화, 생활문화 속에 잠겨 있다. 특히 요즘 가장 강한 중독 현상을 꼽자면 티브이(TV)와 유튜브(YouTube)다. 이 두 매체는 시각과 청각을 동시에 자극하는 방식으로 정보를 전달한다. 누구나 너무 쉽게 접근할 수 있고, 내가 굳이 뇌를 사용하지 않아도 정보가 저절로 들어온다는 것이 장점이자 치명적인 단점이다. 아무런 노력이 필요하지 않으니 누구에게나 편하지만, 바로 그 점이 우리의 뇌를 서서히 썩어가게 한다.

스마트폰 이전 시대의 사람들과 비교해 보면 현대인은 하루를 살며 뇌를 사용하는 시간이 현저하게 줄었다. 휴대폰의 검색엔진만 돌리면 굳이 머리를 쓰지 않아도 수많은 정보가 즉시 도달한다. 유튜브는 요리법을 비롯해 생활에 필요한 거의 모든 것을 영상 형태로 던져준다. 인간이 마지막 진화 단계에서 호모 사피엔스(Homo Sapiens)라 불린 이유는 씽킹(Thinking, 생각)을 통해 스스로 슬기로운 결정을 내릴 수 있는 능력 때문이었다. 하지만 현대인의 뇌는 스스로 생각하고 판단하는 능력이 점점 퇴화(退化)하고 있다. 누군가 우리의 뇌를 장악하고 생각의 방향을 세밀하게 조정하고 있지만, 대부분의 사람은 그 사실을 눈치조차 채지 못한다.

썩어가는 뇌를 살리는 길은 단 하나, 7만 년 전 사피엔스에게 부여된 본래의 기능을 되살리는 것이다. 밖에서 흘러 다니는 자극적 정보들을 눈으로만 받아들일 것이 아니라 텍스트(Text, 문자)를 통해 받아들이는 양을 늘려야 한다. 그리고 그 문자를 스스로 재해석해 에이아이(AI)조차 대답할 수 없는 뉴 랭귀지(New language, 새로운 언어)를 창조해야 한다. 어떤 경우라도 생각의 주체는 휴먼(Human, 인간)이다. 생각하는 기능을 중독에 저당 잡힌다면 인간은 결국 AI와의 경쟁에서 패할 수밖에 없다. 스스로 깨어나라. 당신의 잠들어 있는 뇌를 깨워라.

신선한 뇌 만들기

자립(自立)과 의지(意志)는 늘 동전의 양면처럼 우리 삶의 수많은 선택 중에서 하나를 골라 행동하게 한다.

누구나 자립이라는 단어가 훨씬 더 주체적이고 주관적이라는 사실을 잘 알고 있다. 하지만 우리는 너무나 쉽게 자립을 멀리하고, 의지(依支)라는 단어가 가져다주는 달콤함에 빠져들기 마련이다. 신체를 크게 다치거나 뇌출혈(Cerebral hemorrhage) 같은 심혈관 계통의 중증 질환을 겪고 난 뒤, 재활(再活) 훈련이 효과를 보려면 무엇보다 중요한 것이 재활하고자 하는 본인의 의지와 스스로 자립하겠다는 생각이다. 처음에는 물리치료사나 가족의 도움을 받을 수밖에 없지만, 시간이 지남에 따라 그 도움의 양을 줄이고 스스로 일어서려 하지 않는다면 그는 영원히 혼자 걸을 수 없다.

그런데 우리 뇌가 심각한 부상을 입었거나 썩어가고 있다는 사실을 아는 사람은 극히 드물다. 신체적 장애는 눈에 금방 드러나기에 정상으로 돌리려 부단히 노력하지만, 뇌는 스스로 심각한 상태임을 인식(認識)하지 못하기 때문이다. 고여 있는 물은 썩기 마련이고, 신체 또한 오랫동안 사용하지 않으면 퇴화(退化)한다. 그래서 노년기에 가장 위험한 사고가 낙상(落傷)이다. 골반 부상으로 움직이지 못하게 되면 얼마 지나지 않아 사망에 이르곤 한다. 모든 살아있는 것은 움직인다. 머물러 있거나 고여 있다면 거기에는 죽음으로 가는 균이 자라고, 결국 사망에 이르게 된다. 사람의 몸이 나이 들수록 유연성과 탄력을 잃고 굳어가는 것은 죽음이 가까워졌다는 증거다.

썩어버린 뇌 또한 마찬가지다. 뇌를 사용할 일이 줄어들면, 본래 인지적 구두쇠(Cognitive miser)인 인간은 '생각'이라는 노동을 피하려 하며 그 달콤한 중독에 빠진다. 불과 수십 년 전만 해도 우리는 내비게이션(Navigation) 없는 세상에서 살았다. 목적지를 찾아가는 데 시간이 조금 더 걸렸을 뿐, 일을 보지 못했던 적은 없다. 모르는 것을 알아가려는 호기심과 궁금증을 해결하는 과정에서 뇌는 끊임없이 운동한다. 이 운동을 통해 활력을 얻어야 생각의 깊이가 강해지고 지적 사유(知的 思惟)의 확장력이 늘어난다.

선택은 각자의 몫이다. 티브이(TV)나 유튜브(YouTube)에 의존하는 지식 습득 방식이 편하다는 이유로 그것만 고집한다면, 뇌는 거북목 현상을 겪는 현대인처럼 기형(畸形)으로 변할 수밖에 없다. 특히 쇼츠(Shorts) 영상은 뇌를 사용하는 시간을 극단적으로 줄이는 데 일조하고 있다. 만약 당신이 이런 영상 정보 매체를 멀리하고 종이신문을 읽거나 활자로 된 정보를 검색하며, 동일한 현상에 대한 여러 시각을 비판적으로 읽어낼 수 있다면, 당신은 타인이 보지 못하는 세상의 이면(裏面)을 보게 될 것이다. 돈을 벌 수 있는 정보나 세상을 움직이는 핵심 정보는 전면에 드러나 있지 않은 경우가 많기 때문이다.

길이와 넓이만 존재하는 2차원 세계를 넘어, 꼭짓점 8개와 모서리 12개를 가진 3차원의 정육면체적 사고(3D thinking)가 필요하다. 눈앞에 놓인 단면적 현상에 머물지 말고 입체적으로 세상을 탐구(探求)해야 한다. 신체는 나이가 들어 굳어가는 것을 완전히 피할 수 없지만, 스스로 판단하는 능력을 키우려는 사람은 언제나 뇌를 유연(柔軟)하게 유지할 수 있다. 모든 죽어가는 것들은 유연함이 사라진다. 뇌 또한 마찬가지다. 당신의 뇌가 썩어가고 있다. 이대로 방치한다면 당신의 뇌는 사망(死亡)할지도 모른다.

책 읽기

중학교에 다니며 영어와 수학에 매달리는 필자는 가끔 이런 생각을 한다. "도대체 영어와 수학 점수를 잘 받는다고 해서 내 인생이 얼마나 달라질까?" 하지만 곧 스스로를 다독인다. "아니다. 3년 후 부산대학교(Pusan National University)에 도전하려면 국·영·수 점수가 받쳐주지 않으면 불가능하다." 이렇게 스스로를 끌어올려 보기도 한다. 책을 읽는 일도 이와 비슷하다. 책을 읽는다고 해서 당장 인생이 바뀌는 것은 아니다. 그러나 인생에서 경험하는 대부분의 일은 당장 다음 순간을 바꾸지 않을 것처럼 보이지만, 시간이 쌓이면 그 경험들이 또 다른 경험을 만들고 그때 실수와 실패의 확률은 조금씩 줄어든다. 문제는 같은 일을 수없이 반복하면서도 같은 실수를 반복하는 사람이다. 그 실수는 배움으로 이어지지 않고 결국 스스로를 나락으로 떨어뜨리는 돌덩이가 된다. 왜 어떤 사람은 실수에서 성장하고 어떤 사람은 실수 때문에 무너질까? 그것은 실수 자체에 있는 것이 아니라, 실수로부터 배우는 태도(Attitude)의 차이이다.

책을 읽는다는 것은 일종의 뇌 트레이닝(Brain Training)이다. 처음부터 무거운 중량을 드는 하드 트레이닝(Hard Training)을 하면 몸에 무리가 가고 부상도 쉽게 온다. 운동에서 스트레칭이 필요하듯, 본격적인 독서 이전에는 '문자와 친해지는' 준비 운동이 필요하다.

처음부터 어려운 책을 남에게 보여주기 위해 억지로 읽으면 얼마 가지 않아 흥미를 잃게 되고, 그 순간부터 책은 평생 손에 잡히지 않게 된다. 그래서 유아에게 그림책과 만화책을 먼저 보여주는 것이다. 그림이 흥미를 끌면 글자는 자연스럽게 따라 읽히게 된다. 성인도, 노년도 마찬가지다. 나이가 들었다고 해서 그림책이나 만화책을 읽지 말라는 법은 없다. 호기심이 꺼지면 독서도 사라진다. 접근 방식이 중요하다. 요즘은 좋은 책들이 만화로 재탄생해 나오는 경우가 많고, 위트 있고 감각적인 그림만 보아도 즐겁다. 그 옆에 있는 짧은 문장은 자연스럽게 마음 안으로 들어온다.

독서 폭풍이 지나간 수년 동안 1년에 수백 권을 읽던 시간이 지나고, 필자는 요즘 새로운 책보다 예전에 읽었던 책을 다시 읽는 일에 더 마음이 간다. 학교 공부에 쓰이는 시간도 많고, 직업을 가진 채 글쓰기와 독서, 그리고 제2의 직업인 주식 투자까지 병행하다 보니 인문서나 교양서를 예전만큼 읽는 것이 쉽지 않다. 학교에 들어가기 전에는 1년에 평균 250권 정도 읽었지만 지금은 그 수가 많이 줄었다. 그래서 '몇 권을 읽었는가'를 중요하게 여기는 시선에는 동의하지 않는다. 독서는 숫자가 아니다.

필자가 가장 많이 추천하는 독서법은 다양한 장르의 책을 많이 읽는 것보다는, 단 한 권의 책이라도 여러 차례 읽어서 그 책을 쓴 저자와 만날 수 있을 때까지 반복 독서를 하는 것이다. 사실 책을 읽고 나서 저자가 전달하고자 하는 메시지를 완전히 받아들인다는 것은 쉬운 일이 아니다. 그것은 고도의 집중력을 요구한다. 그 집중력이 지속되는 시간이 길수록 저자와 독자 사이의 거리가 줄어든다. 그때 비로소 읽은 책이 사람을 변화시킬 수 있다.

한 사람이 평생 하나의 직업만 갖기도 하고, 어떤 사람은 수십 가지 직업을 거쳐 가기도 한다. 한 가지 직업을 평생 유지하며 전문가가 되기도 쉽지 않은 게 인생살이다. 하물며 수십 가지 직업을 거쳤다고 해서 모든 분야의 전문가가 될 수는 없다. 그중에는 직업으로 부르기 애매한 것들도 있다. 영화 〈친구〉에서 선생님이 준석(유오성 분)에게 "너희 아버지 뭐 하시노!"라고 묻자, 준석이 "건달입니더"라고 답한다. 그 말 한마디에 아버지의 삶이 한 줄로 요약된다. 사람이 직업을 닮아가듯, 건달이라는 직업이 어떤 느낌을 주는지 사람들은 굳이 말하지 않아도 알고 있다.

책 읽기도 마찬가지다. 사람이 책을 닮아간다. 처음에는 사람이 책을 읽지만, 나중에는 책을 읽은 사람에게 그 책이 녹아들어 책처럼 변한다. 그래서 책 선택은 신중해야 한다. 자신이 호리병처럼 속이 텅 빈 채 흔들려버리는 사람은 아닌지 늘 점검해야 한다. 다른 사람의 책을 읽다가 그 정신세계 전체를 저당 잡히고 세뇌될 것 같다면 그 책은 손에서 놓아야 한다. 필자가 쓴 〈반야심경〉 글의 애독자 중 어떤 이는 허무를 배우고, 장자의 글에서 어떤 이는 집착을 버리는 법을 깨닫는다. 하지만 나는 그 어디에도 인생을 허무주의로 살라고 말한 적이 없다. 결국 문제는 책이 아니라 책을 읽는 자세다. 책보다 더 무거운 것은 책을 들고 있는 당신의 마음 자세라는 사실을 잊지 않아야 한다.

책 건강하게 먹는 법

책을 읽는다고 하면 많은 사람이 아직도 종이로 된 책을 생각할지도 모른다. 하지만 머지않은 장래에 종이책은 사라질지도 모른다. 그렇다고 해서 인간이 생산해 내는 활자(活字)라는 수단을 통해 정보를 전달하는 방식이 완전히 없어질 것이라고 생각지는 않는다. 물론 뇌과학이 극도로 발달하여 뇌에 문자를 직접 입력하는 방식이 생겨날지도 모르겠지만, 시각적 방식으로 정보를 전달하는 티브이(TV)나 유튜브(YouTube)를 포함한 영상 매체를 통해 세상을 이해하는 것과 활자를 통해 이해하는 것에는 큰 차이가 있다. 그것은 뇌의 영역이 전혀 다른 방식으로 작동하기 때문이다.

이것은 현대 뇌과학자들이 밝혀낸 사실이다. 같은 정보를 접하더라도 책을 통하는 것과 영상을 통하는 것에는 큰 차이가 있다. 독서(讀書)는 전전두엽(Prefrontal lobe)을 포함하여 두정엽, 측두엽, 후두엽, 해마 등 뇌의 거의 모든 영역을 사용한다. 반면 영상 매체를 통해 얻어지는 정보는 시각 처리 영역인 후두엽과 음향 인식 처리 영역인 측두엽 일부만을 수동적으로 사용한다. 즉, 독서는 뇌 전체를 깨우는 전뇌 활동이다.

현대인이 살아가며 책 읽을 시간이 없다고 하는 것은 핑계에 가깝다. 하루를 살아가며 아무 일도 하지 않는 자투리 시간이 전혀 생기지 않기란 어렵기 때문이다. 대중교통으로 이동할 때, 화장실에서 볼일을 볼 때, 식당에서 음식을 기다릴 때, 혹은 약속 장소에서 누군가를 기다릴 때 우리는 수많은 시간을 만들어낼 수 있다. 그 시간 동안 우리는 무엇을 하는가. 대부분 실시간 뉴스나 가십(Gossip)거리 영상이 가득한 유튜브를 시청하며 세상을 이해하고 있다고 착각한다. 필자처럼 극단적으로 영상 매체를 끊고 살라는 뜻은 아니다. 유튜브에도 유익한 정보가 많다는 것을 잘 안다. 다만 필자가 영상을 보지 않는다고 해서 세상 돌아가는 일을 모를 것이라 오해해서는 안 된다. 스마트폰 안의 구글 뉴스, 네이버 뉴스, 각 신문사의 활자로 된 기사만 보기에도 하루는 벅차다.

필자는 출근해서 가장 먼저 한국경제신문을 읽는 것으로 일과를 시작한다. 하루에 접하는 활자의 양은 족히 300페이지는 될 것이다. 요즘은 주식 투자에 관한 활자를 읽는 시간이 늘어 매일 평균 150페이지 내외의 관련 자료를 해석하고 나만의 투자 시스템을 만드는 데 집중하고 있다. 나머지 시간은 대부분 인문학 서적을 읽는다. 활자로 된 정보 중에는 바로 독해(讀解)가 가능한 것도 있지만 그렇지 못한 것도 많다. 똑같은 활자를 읽고도 사람마다 해석이 다른 이유가 여기 있다. 책을 읽는다는 것은 단순히 글자를 보는 행위를 넘어 메시지를 독해하는 능력을 키우는 일이다. 이 능력은 사유(思惟)하는 정신세계와 지적 역량(Intellectual capacity)이 확장될 때 비로소 정교해진다.

그러기 위해서는 읽는 것에서 끝낼 것이 아니라, 읽은 내용을 사유하고 명상(冥想)하는 단계를 거쳐야 한다. 저자가 전달하고자 하는 메시지와 나의 해석이 얼마나 맞닿아 있는지 점검하고, 나아가 자신만의 비평글(Review)을 생산할 수 있는 단계에 이르러야 한다. 그때야 비로소 지적 역량의 확장을 이룰 수 있다. 세상의 수많은 일은 다양한 관점에서 해석될 수 있지만, 현재의 일을 해석하는 능력이 부족하면 미래의 해답을 찾을 수 없다. 책 읽기도 마찬가지다.

읽고 나서 아무런 변화가 생기지 않는다면 그 시간에 차라리 게임을 하는 게 나을지도 모른다. 책 읽기는 저자와 나 사이의 깊은 대화다. 이 대화를 통해 조금 더 성숙한 인생의 길을 찾아 나가기를 바란다.

카산드라(Cassandra)

그리스 신화에 등장하는 카산드라(Cassandra)는 미래를 예언(豫言)하는 여신이다. 트로이의 프리아모스 왕과 헤카베 왕비 사이에서 태어난 그녀는 그 아름다움에 반한 아폴론(Apollo)으로부터 예언의 능력을 부여받았다. 그러나 그녀가 아폴론의 사랑을 거절하자, 신은 그녀에게 저주를 내렸다.

"앞으로 너의 말을 아무도 믿지 않을 것이다."

미래를 보는 능력을 가졌지만 그 말을 믿어주는 사람은 없었다. 비극적인 운명을 예언하면서도 아무도 자신의 말을 들어주지 않는 '고독한 지혜자' - 그것이 카산드라였다. 우리 역사 속에도 이런 예언자들이 있었다. 서양에는 노스트라다무스(Nostradamus)가 있었고, 우리나라에는 매년 연초에 보는 점술서 『토정비결』을 만든 이지함, 그리고 근현대의 영적 예언자로 불린 탄허(呑虛) 스님 등이 있다. 하지만 만약 누군가가 "미래의 일을 확정적으로 안다"고 말한다면 그 사람은 거짓말쟁이다. 그럼에도 우리는 이상하리만큼 예언을 믿고 싶어 한다. 불확실한 세계 속에서 확실성(Certainty)을 찾고 싶은 마음, 그것이 인간의 본능(Instinct)이기 때문이다.

그러나 생각해 보자. 미래를 미리 안다고 해서 지금의 삶이 나아지는가. 사람은 과거나 미래가 아닌 '지금, 현재'에서만 살 수 있다. 과거의 흔적이 오늘의 나를 만들었듯, 오늘의 흔적이 내일의 나를 만든다. 즉, 현재라는 인연(因緣) 없이 미래는 생겨날 수 없다. 미래를 예측하기보다 지금이라는 순간에 씨앗을 뿌리는 일이 중요하다. 미래를 물으러 예언자를 찾아가는 것은 씨앗도 뿌리지 않고 열매만 기대하는 농부의 마음과 같다.

그럼에도 인간의 심리 깊은 곳에는 미래를 알고 싶어 하는 불안의 씨앗이 있다. 실존심리학자 어빙 얄롬(Irvin Yalom)은 "인간은 미래를 알 수 없다는 사실을 견디기 어렵다"고 말했다. 우리가 느끼는 공포는 '모른다'는 데서 자란다. 사람은 실제 일어날 일보다 일어날지 모르는 일에 대해 더 큰 불안을 느낀다. 즉, 공포는 현실이 아니라 상상 속 불확실성에서 태어난다.

사람은 누구나 확실한 행복보다는 불확실한 불행을 줄이고 싶어 한다. 그래서 보험을 들고, 대비를 하고, 계획을 세운다. 하지만 그럼에도 불구하고 불확실한 미래에 대한 공포로부터 완전한 자유를 얻기는 어렵다. 그 이유는 우리가 미래를 통제(Control)하려는 욕망 때문이다. 통제할 수 없는 것을 통제하려 할 때 불안은 커진다. 그 대표적인 예가 바로 '미래의 시간'이다. 심리학자 엘렌 랭어(Ellen Langer)는 "사람은 통제할 수 없는 사건에도 자신이 영향을 미칠 수 있다고 믿는 경향이 있다"고 말한다. 우리는 자신이 세상에 영향을 미칠 수 있다는 착각 속에 산다. 월드컵 경기를 보며 응원하는 마음이 현실을 바꿀 것이라 믿고 싶어 하지만, 우리의 바람이 선수의 발을 움직일 수는 없다. 이것이 바로 통제의 환상(Illusion of control)이다.

그렇다면 진정으로 미래의 불확실성을 줄이는 방법이 있을까. 그 방법은 단 하나, 지금 이 순간을 통제 가능한 시간으로 만드는 것이다. 미래를 통제할 수는 없지만 현재의 태도(Attitude)는 통제할 수 있다. 분노를 조절하고, 비방을 멈추고, 걱정을 다스리는 것은 모두 지금 이 시간 안에서 가능한 일이다. 현재를 통제 가능한 시간으로 바꾼다면 미래의 공포는 자연스레 줄어든다. 불확실성을 제어할 수 있는 확실한 방법은 현재를 깊이 살아내는 것이다. 그리고 그것이야말로 미래를 준비하는 가장 지혜로운 방식이다. 고통은 피해야 할 대상이 아니라 이해해야 할 스승이다. 지금이라는 순간을 깊이 살라. 그 순간이 바로 당신의 미래를 만든다.

실수(失手)에 대하여

다른 사람의 실수를 발견하는 일은 쉽지만, 자신의 실수를 발견하기란 어렵다.

실수(失手)란 한자 그대로 '손에 쥐고 있던 것을 놓치는 상태'를 뜻한다. 즉, 애초에 할 수 없던 사람이 못한 것은 실수가 아니다. 실수란 충분히 잘할 수 있었던 사람이 그 일을 예상치 못한 방식으로 망쳐놓을 때 쓰는 말이다.

의도와 전혀 다른 결과가 나왔을 때, 우리는 그때 비로소 "실수했네"라고 말한다. 예를 들어 손흥민 선수가 골키퍼까지 제치고 비어 있는 골문에 공을 밀어 넣기만 하면 되는데, 힘이 너무 들어가 공이 하늘로 날아간다면 사람들은 아우성을 칠 것이다. 세계적인 선수가 동네 조기축구회에서도 보기 드문 장면을 만들었을 때, 그것을 우리는 '실수'라 부른다.

인간관계는 보이지 않는 기대값의 함수(函數)로 얽혀 있다. 우리는 에스엔에스(SNS), 동호회, 직장 등 수많은 관계 속에서 나름의 기대값을 설정하고 산다. 그런데 어느 날 내가 매겨둔 기대값과 전혀 다른 행동이 돌아오면, 그때 우리는 그 관계의 결과를 오답이라 부른다. 내가 상자 안에 3을 넣고 5라는 결과를 기대했는데 상대의 행동 값이 4로 나타나면 그 함수는 틀린 식이 된다. 그러나 삶은 수학이 아니다. 타인은 언제나 변수(Variable)이며, 그 변수는 우리의 예측을 넘나든다. 따라서 인간관계의 함수 속 엑스(X)값은 언제든 달라질 수 있음을 인정해야 한다.

타인이 중대한 프로젝트를 실수로 무너뜨렸을 때 그를 용서하기란 쉽지 않다. 금전적 손실이나 신뢰의 붕괴는 이해보다 분노를 먼저 불러오기 때문이다. 그러나 잊지 말아야 할 것은 모든 사람은 실수를 하며 살아간다는 사실이다. 나역시 예외가 아니다. 나 또한 타인과 맺은 관계 속에서 스스로의 엑스값을 만들어내기 때문이다. 그 값은 언제나 내가 기대한 대로 움직이지 않고 결과값도 늘 다른 방향으로 튄다. 우리가 그 변화를 자연스럽게 받아들인다면, 타인의 실수 앞에서도 조금은 너그러운 마음을 가질 수 있다. 이미 끝난 행동의 결과를 원망하거나 분노로 되돌리려 해도 결과값은 결코 바뀌지 않는다.

평소 잘하던 일이나 인간관계에서 실수가 잦아진다면 그것은 쉬어가라는 시그널(Signal)이다. 몸과 마음이 지쳐 있을 때 우리는 손의 감각을 잃고, 그때 실수가 일어난다. 완벽함을 추구할수록 실수에 대한 집착이 강해지고, 그 집착은 오히려 실수의 빈도를 높인다. 사랑하는 사람이나 동료가 평소 하지 않던 실수를 자주 한다면 면박을 줄 것이 아니라 이렇게 말해야 한다. "친구야, 잠시 쉬었다 가자.", "여보, 내일은 일 다 제쳐두고 여행이나 한번 갑시다." 이런 말 한마디가 실수를 또 다른 삶의 에너지로 바꾼다.

왼손잡이와 오른손잡이가 나란히 앉아 식사를 하면 팔이 엉키지만, 마주 보고 앉으면 편안하게 밥을 먹을 수 있다. 실수도 이와 같다. 위치를 조금만 바꾸면 같은 상황이 전혀 다른 결과를 만든다. 그래서 실수를 통해 우리가 배워야 할 것은 무엇이 옳고 그른가가 아니라, 내가 있어야 할 자리가 어디인가를 알아차리는 일이다. 실수는 당신이 졸리고 지쳤다는 신호이며, 이제 고속도로 졸음

쉼터(Rest area)에서 쉬어가라는 영혼의 배려다. 졸음운전이 죽음을 부르듯, 쉼 없는 삶은 실수를 부른다. 그때는 잠시 멈추어야 한다.

속도와 방향

"친구 따라 강남 간다"라는 말이 있다. 이 말은 내가 강남(江南)을 가고 싶어서가 아니라, 친구가 가기에 나도 따라갔다는 뜻이다.

살다 보면 자신의 삶의 방향(方向)을 스스로의 의지(意志)로 결정하는 사람도 있지만, 때로는 자기 의지와 관계없이 남을 따라 정하는 경우도 많다. 사실 삶의 모든 방향을 온전히 스스로 정하는 사람은 극히 드물다. 대체로 우리는 무언가를 결정할 때 타인이 어떻게 했는지를 살펴보고 그 결과를 참고하여 같은 방향을 택한다. 그러나 그렇게 정한 길을 가다 보면 어느 순간 '이 길이 정말 내가 원하던 방향인가?' 하고 헷갈릴 때가 온다. 주체적으로 선택한 길이 아니라 남들이 간 방향을 '안전하다'는 이유로 따라갔기 때문이다. 그래서 가고 있는 목적지의 디렉션(Direction)에 대한 확신이 점점 흐려진다.

이것을 나는 '가소성 군중심리'라 부르고 싶다. 가소성(可塑性, Plasticity)이란 상황에 따라 유연하게 적응하는 능력을 말한다. 그런데 여기에 군중심리(群衆心理)가 결합되면, 그 유연함이 자기 뜻이 아닌 남의 방향으로 휘어질 위험이 생긴다. 군중이 가는 길이 우연히 내가 가고자 하는 방향과 일치할 때는 그 가소성이 도움이 될 수도 있지만, 군중의 흐름이 내가 원하는 길과 다를 때 가소성은 오히려 삶을 엉뚱한 곳으로 데리고 간다. 유연함이 곧 부드러움이라면,

그 부드러움이 어디로 향해야 할지는 스스로 결정해야 한다. 물이 아래로 흐른다는 것을 모르는 사람은 없지만, 때로는 흐르는 물을 따라가지 않고 잠시 웅덩이에서 멈춰 서야 할 때도 있다. 멈춰야 할 때와 흘러야 할 때를 구분하지 못하는 것은 아직 자신의 방향을 정하지 못했다는 뜻이다.

내면에서 들려오는 소리에 귀 기울여야 한다. 수많은 군중이 향하는 방향이 언제나 옳은 것은 아니다. 그럼에도 그 무리를 무조건 따라간다면, 그 끝이 인생의 나락(奈落)임을 깨닫는 순간 용기 있게 벗어나 자신만의 방향으로 삶의 키를 돌릴 줄 알아야 한다. 청소년기에 친구를 잘 만나야 하는 이유도 이 때문이다. 인생의 방향이 정해지지 않은 시절에는 타인의 길을 자신의 길로 착각하다가 다시는 되돌아올 수 없는 길에 들어서 평생 후회하게 되는 경우가 많다.

삶의 방향을 정했다면 그다음은 속도(速度, Speed)를 정해야 한다. 같은 목적지를 향해 가더라도 속도는 각자의 환경과 체력에 따라 다르다. 자전거를 타고 서울로 가는 사람, 오토바이를 타는 사람, 케이티엑스(KTX)를 타는 사람이 있다고 하자. 모두 같은 '서울'이라는 목적지를 향하지만 그들이 가는 속도는 전혀 다르다. 따라서 방향이 정해졌더라도 그 방향으로 나아갈 스피드는 자신의 여건과 호흡에 맞게 정해야 한다. 그런데 많은 사람이 이 간단한 원리를 잊고 남의 속도에 자신을 맞추려다 체력을 넘어 과속(過速, Over-speed)하게 된다.

결국 가소성 군중심리 때문이다. 남이 가는 방향을 따라가고 남이 달리는 속도에 자신을 맞추며 사는 인생은 아직 자기 삶의 주인(Owner)이 되지 못했다는 증거다. 남의 눈으로 세상을 보고 남의 리듬으로 사는 인생은 결코 자신의 인생이 아니다. 당신의 삶에는 당신만의 방향이 있고 당신만의 템포(Tempo)가 있다. 주변 사람들이 내는 속도와 방향이 당신을 원하는 목적지로 데려다

주지 못한다는 것을 깨달을 때, 비로소 당신은 스스로의 인생길 위에 쉼표
(Comma)를 찍을 수 있을 것이다.

저축과 저금, 그리고 소비

우리가 경제적으로 조금이라도 여유롭고 넉넉한 삶을 살기 위해 가장 먼저 떠올리는 방법은 언제나 저축(貯蓄)이다. 우리는 어려서부터 '아껴야 부자가 된다'는 말을 배워왔다. 그래서 쓸 것을 안 쓰고, 입을 것을 안 입고, 먹을 것을 참으며 악착같이 돈을 모아야 부자가 된다고 믿으며 살아왔다. 하지만 세월이 지나 깨닫게 된다. 그렇게 평생을 저축하며 살아도 통장에 현금 1억 원을 가져보는 일이 결코 만만치 않다는 것을. 가르침이 잘못된 것일까? 도대체 어떤 방법으로 저축을 해야 부자가 될 수 있을까?

저축을 늘리기 위해선 먼저 소득(所得)이 올라야 한다. 한 달에 200만 원을 버는 사람이 10%씩 적금을 하면 1년 동안 모을 수 있는 돈은 고작 240만 원에 불과하지만, 한 달에 1,000만 원을 버는 사람이 10%만 저금해도 1년에 1,200만 원을 모을 수 있다. 결국 저축의 양은 소득의 크기에 비례한다. 그렇다면 월 200만 원을 버는 사람이 1,000만 원을 벌기 위해 무엇을 저축해야 할까? 여기서 저금(貯金)과 저축의 차이는 분명해진다. 저금은 단순히 쓰고 남은 돈을 은행에 맡기는 행위이고, 저축은 자산을 불리는 행위다.

많은 사람은 소득이 달라지는 이유가 시간을 저금하느냐, 저축하느냐, 혹은 소비하느냐에 달려 있다는 사실을 모른다. 대다수 사람은 시간을 소비(消費)하며 산다. 부자들은 시간을 저축하며 살고, 소득이 늘지 않는 사람들은 시간을 저금하며 산다. 우리가 노동력을 시장에 제공하는 것은 결국 자신의 시간을 타인에게 저금하고 그 대가로 돈을 받는 구조 속에 있다. 그 돈으로 다시 소비생활을 하며 부자가 되기를 꿈꾸지만, 남는 시간조차 티브이(TV)나 유튜브(YouTube), 인터넷 가십 기사를 보며 소비해 버린다. 최근 자료에 따르면 국민 1인당 하루 평균 유튜브 시청 시간이 약 2시간 30분이라고 한다. 그 시간이 과연 소비인지, 저금인지, 저축인지 스스로 물어봐야 한다.

크게 부자가 된 사람들은 자신의 시간을 자신에게 저축한다. 책을 읽거나 새로운 것을 배우고, 미래를 위해 공부하며 문화예술을 즐기는 행위는 단순한 소비가 아니다. 그것은 타임 인베스트먼트(Time Investment), 즉 시간의 저축이다. 이렇게 구성된 시간의 포트폴리오는 나중에 복리(Compound Interest)처럼 불어나 세상의 경제라는 거대한 바다에서 부를 퍼 올릴 수 있는 지혜(智慧)의 눈을 뜨게 한다. 투자나 판단을 능숙하게 해내는 '고수'들은 대부분 이런 식으로 시간을 저축해온 사람들이다.

최근 신문에서 서울대학교 학생들의 독서량이 다른 대학 학생들보다 월등히 많다는 기사를 보았다. 어려서부터 시간을 저금이나 소비가 아닌 저축으로 활용하는 법을 아는 학생들이 결국 일류 대학(Top University)에 진학하고 사회에서도 성공할 가능성이 크다. 신(神)은 모든 사람에게 하루 24시간을 공평하게 주었지만, 그 시간을 어떻게 쓸지는 각자의 선택이다. 당신의 인생 통장에는 그 선택의 결과가 고스란히 남는다. 시간을 어떻게 썼는지가 당신의 경제적 자유와 삶의 성공을 결정짓는다는 사실을 잊지 말아야 한다.

복리의 마법

은행에 돈을 맡기면 복리(複利)가 붙는다는 사실을 누구나 알고 있다. 하지만 대부분의 사람은 시간에도 복리가 붙는다는 사실을 모르고 산다. 시간의 복리가 돈의 복리보다 훨씬 더 이율(利律)이 높다는 것을 아는 사람은 드물다. 돈의 복리는 계산할 수 있고 통장 잔고의 숫자로 나타나지만, 시간의 복리는 숫자로 표시되지 않아서 그 효과를 체감하기 어렵기 때문이다.

매일 100페이지의 활자를 읽는 사람은 1년에 36,500페이지를 읽고, 10년이면 36만 5천 페이지라는 어마어마한 양의 활자를 읽게 된다. 매일 수백 페이지의 활자를 읽는 나는 그 효과에 대해 누구보다 잘 알고 있다. 그 차이는 단순한 활자의 양이 아니라 사유(思惟)의 깊이, 언어의 힘, 그리고 판단을 내리는 기준이 간단명료하고 빨라진다는 데 있다. 이것이 바로 지적 사유의 확장이며, 시간의 복리가 가져다주는 선물이다.

지식의 복리는 단순히 정보를 암기하는 것이 아니라, 이해한 것들을 서로 연결해 이전에 없던 새로운 지식을 창조(創造)하는 행위다. 오늘 읽은 책 한 권이 당장 내일의 보상을 가져다주지는 않는다. 하지만 누적된 활자가 세상을 보는 눈을 확장하고, 그 생각이 행동으로 연결될 때 비로소 지식은 당신을 이전과 다른 세계로 인도한다. 지식은 1+1로 쌓이지만, 누적된 지식은 지혜(智慧)가 되고, 지혜는 거듭제곱(Exponential)으로 쌓여 이전과는 전혀 다른 세계를 보는 통찰력(Insight)을 갖게 한다. 어제의 배움이 오늘의 나를 단숨에 바꾸지 못하더라도, 매일 반복되는 사유는 내일의 결정을 더 지혜롭게 만든다. 그 모든 연결 고리가 바로 지식의 복리다.

시간을 소비(Consumption)하면 즉시 즐거움을 얻는다. 수많은 사람이 쾌락을 찾아 시간을 소비하지만, 그 즐거움은 신기루처럼 곧 사라진다. 반면 시간을 저축(Investment)하면 즉시 보상이 돌아오지는 않는다. 오늘 하루 운동한다고 해서 곧바로 '몸짱'이 될 수는 없다. 하지만 그 시간의 누적은 반드시 득근(得筋, Muscle gain)이라는 결과를 선물할 것이다. 지식의 복리는 눈에 보이지 않지만, 한 번 임계점을 넘으면 기하급수적으로 늘어나며 멈추지 않는다. 결국 시간은 우리 편이 되고, 그 배움은 당신 통장에 무형의 자산(資産)으로 남는다.

진정한 부자란 단순히 돈이 많은 사람이 아니라, 시간의 복리를 알고 지식의 복리를 실천하는 사람이다. 돈은 잃을 수 있지만, 시간의 복리로 얻은 통찰은 결코 사라지지 않는다. 그것은 내면에 지적 자산으로 쌓여 인생의 위기가 왔을 때 그 무엇도 뚫을 수 없는 방패가 되어줄 것이다. 오늘 하루를 돌아보라. 당신은 오늘 하루를 소비했는가, 저금했는가, 아니면 저축했는가? 티브이(TV)와 유튜브(YouTube) 속에서 타인의 삶을 보며 희희낙락한 시간은 소비된 시간이다. 반면 책을 읽고 사유한 시간은 저축된 시간이다.

시간은 모든 사람에게 평등하게 주어지지만, 그 시간을 쓰는 방식은 결코 평등하지 않다. 부자는 시간을 억만금의 자산보다 소중하게 관리하지만, 가난한 사람은 시간을 일회용 컵처럼 사용한다. 시간의 복리는 언제나 조용히, 그러나

공정하게 작동한다. 오늘 저축한 1시간은 내일 2시간의 가치를 낳고, 그 내일
이 쌓여 인생의 이자를 불려준다. 시간을 자신의 것으로 만든 사람은 그 시간
을 통해 세상에 없던 새로운 가치를 창조할 수 있다.

배부른 돼지

요즘은 전 세계 인구 중 굶주림으로 죽어가는 사람보다 비만으로 죽어가는 사람이 훨씬 더 많다고 한다. 이제는 그것이 상식이 되어버린 세상이다. 언제부터인가 우리의 삶은 검약, 안빈낙도(安貧樂道), 절제(節制) 같은 단어들과 멀어지기 시작했고, 소비지상주의(Consumerism)가 삶의 최종 목표처럼 자리 잡았다. 경제의 선순환(善循環)을 위해서라도 우리는 돈을 끊임없이 벌고 또 소비해야 한다. 한 나라의 지디피(GDP)에서 차지하는 소비의 비중이 결코 작지 않기 때문이다.

특히 미국은 소비 경제가 나라를 지탱한다고 해도 과언이 아닐 만큼 소비가 지디피의 대부분을 차지한다. 우리나라 또한 1950~60년대의 보릿고개를 넘어 70~80년대에 먹고살 만해졌고, 2000년대에 이르러서는 '소비가 소비를 부르는 시대'로 접어들었다. 텔레비전에서는 드라마나 뉴스보다 물건을 파는 채널이 더 많아졌고, "마지막 할인, 단 10개 남았습니다"라는 쇼핑 호스트(Shopping host)의 말에 속아 우리는 또다시 지갑을 열곤 한다. 그러나 며칠 지나지 않아 다른 채널에서 더 싼 가격으로 같은 상품이 팔리는 것을 보고 분통을 터뜨린다. 천냥마트가 유행하다 다이소(Daiso)로 바뀌었고, 그 과정에서 집 안에는 꼭 필요한 물건이 아닌 불필요한 것들이 쌓여갔다. 중고 거래 플랫폼인 당근마켓 또한 '저렴하다'는 이유로 필요 없는 물건을 사들이는 또 다른 채널이 되었다. 그 결과 음식물 쓰레기뿐 아니라 생활 쓰레기까지 기하급수(幾何級數)적으로 늘어나, 처리 비용만으로도 한 도시를 먹여 살릴 정도의 돈이 들어간다.

요즘은 마음만 비우면 당근마켓의 무료 나눔 코너에서 쓸 만한 물건만 모아도 한 살림을 차릴 수 있다. 특히 가전제품이나 가재도구는 이사하면서 버려지는 것들 중에서도 충분히 쓸 만한 것이 많다. 돈 한 푼 들이지 않고도 살림을 꾸릴 수 있는 세상인 셈이다. 그럼에도 불구하고 소비지상주의의 열차는 멈출 줄 모른다. 경제라는 열차는 성장(成長)이라는 연료로 달린다. 역대 어느 대통령이든 경제라는 화두를 놓지 않았고, 그것은 곧 성장률이라는 숫자로 나타났다. 경제성장률(Economic growth rate)이 한 나라의 최고 목표가 된 지금, 세계 모든 나라는 그 수치를 위해 몸부림친다. 성장률이 마이너스를 기록하면 세상이 무너질 듯 호들갑을 떨고, 우리는 그 숫자에 목숨을 건다.

실제로 코로나 팬데믹(Pandemic)을 제외하면 세계 경제는 대부분 우상향했고, 우리나라도 작지만 꾸준히 플러스 성장을 이어왔다. 그러나 언제까지 이런 소비지상주의가 지속될지는 아무도 모른다. 분명한 것은 이 끝없는 소비의 순환이 우리를 낙원으로 데려다줄 것 같지는 않다는 점이다. 그 사실을 알면서도 우리는 아침에 눈을 뜨자마자 휴대폰을 열고 온라인 쇼핑몰의 유혹에 빠진다. 오프라인에서도 아울렛, 마트, 백화점 등이 우리를 소비자로 만들기 위해 하루도 쉬지 않고 문을 연다. 한때 '아나바다' 운동이 있었으나, 이 운동은 소비지상주의라는 거대한 쓰나미(Tsunami) 앞에서 결국 힘을 잃고 무너졌다.

지금 전 세계 다이어트 산업(Diet industry) 규모만 해도 약 3,700조 원에 달하며, 향후 10년 안에 6,500조 원으로 커질 것이라 한다. 아이러니(Irony)하게

도 인간은 끊임없이 소비하면서 동시에 그 소비의 부산물인 비만을 없애기 위해 또 다른 소비를 하고 있다. 소비가 소비를 부르는 이 끝없는 순환 고리가 언제 멈출지는 알 수 없다. 하지만 세상의 모든 길에 끝이 있듯, 이 질주하는 소비 열차에도 언젠가는 종착역(終着驛)이 있을 것이다. 그곳이 천국일지 지옥일지 그저 궁금할 따름이다.

다음을 준비하며 2026년에는 다양한 주제로 여러 가지 책들이 발간될 예정입니다. 언제나 조금 더 쉽고 이해하기 편한 언어들로 다가가기 위해서 깨어 있는 정신으로 언제나 노력할 것을 약속드립니다.

다음에 구상하고 있는 책은 유발 하라리의 사피엔스와 호모데우스를 기초로 한 인간의 과거와 미래 이야기를 주제로 책을 발간할 예정입니다.

언제나 글을 마치고 나면 부족한 나와 만나는 것은 글 쓰는 사람의 운명이라고 생각을 합니다. 그래서 부족함이 조금이나마 덜 느껴질 수 있는 목마름이 조금이나마 덜 느껴질 수 있는 글을 쓰기 위해 언제나 노력하겠습니다.

부족한 글이나마 읽으시고 삶의 작은 위로가 되고 길을 몰라 헤매던 많은 일들이 다소 밝아지는 느낌으로 다가올 수 있다면 글을 쓴 사람으로서 그보다 더 큰 행복은 없을 것입니다.

미래에 대한 불안이 우리들의 삶을 혼란스럽게 하더라도 어두운 밤길을 횃불을 들고 헤쳐가는 마음으로 함께 한 걸음, 한 걸음씩 앞으로 나아가기를 바래봅니다.

읽어주셔서 머리 숙여 깊이 감사드립니다.

철학 수필 작가
장희준 올림

그동안 써놨던 글 중에서 몇 편을 골라 첫 책을 발행하게 됐습니다. 저에게 책 읽기와 글쓰기는 인생의 스승과 같았습니다. 글쓰기를 통해서 많은 위로를 받았고 내가 쓴 글을 내 스스로 읽으면서 많은 가르침을 스스로 받고 있다고 하는 것을 깨닫게 되었습니다. 글을 쓴다는 것은 누군가에게 좋은 영향력을 미치기 위한 것일 수도 있지만 글을 씀으로 인해서 내 스스로에게 가장 좋은 영향력이 미친다는 것을 깨달았습니다. 앞으로도 열정이 식지 않는 한 내 목숨이 다하는 그날까지 매일 글쓰기를 실천에 옮길 생각입니다. 곧 다른 카테고리 내용들로 책이 또 발행될 예정입니다. 글쓰기 새내기인지라 부족한 점이 많으리란 것을 알고 있습니다. 제가 쓴 글이 다른 작가들에 비해서 좋은 글이다, 나쁜 글이다를 떠나서 내 마음의 붓으로 그린 그림처럼 제 글이 제 생각과 마음의 색깔과 똑같아지도록 하루하루 한 걸음씩 나아가겠습니다.

많은 사람들이 세상에서 일어나는 일들을 바꿈으로써 괴로움을 해결할 수 있다고 믿으며 평생을 바꾸려 노력합니다. 그러나 세상은 끊임없이 문제를 만들어내고, 그 문제들을 해결하며 살아가다 보면 어느새 생의 끝자락에 다다르게 됩니다. 그때가 되어서야 비로소 "세상을 바꾸는 것"으로는 행복에 이를 수 없음을 깨닫게 됩니다. 그렇기에 이미 일어난 일을 어떻게 받아들일 것인가라는 문제가 훨씬 더 중요할 수 있습니다. 세상을 바꾸기보다는, 나를 변화시켜 세상과의 대화 방식을 창조적으로 바꾸는 것이 더 나은 삶으로 나아가는 길일 수 있습니다. 이러한 깨달음을 바탕으로 한 편 한 편 글을 써 내려갔습니다.

언어는 누구를 만나느냐에 따라 전혀 다른 길을 열기도 한다. 철학을 전공하지 않은 비전문가의 시선도 또 하나의 통로가 될 수 있다면, 그 통로가 단 한 사람에게라도 조금 더 건강하게, 조금 더 자유롭게 삶을 바라보게 하는 힘이 되기를 바랄 뿐이다. 니체가 말하는 위버멘쉬의 길은 특별한 사람에게만 열리는 길이 아니라, 스스로 건강하고 자유롭고자 하는 모든 이에게 열려 있는 길이기 때문이다. 무모하게 시작된 여정이었지만 한 걸음 내디뎠다는 사실만으로도 나는 니체의 언어에 조금 더 가까워졌다고 믿는다. 앞으로도 더 나은 언어를 창조하는 작가가 되기 위해 세상이 보여주는 모든 것들과 대화를 멈추지 않을 것이다. 그러다 언젠가 또 다른 글로, 조금은 더 성숙한 사유로, 독자 여러분과 다시 만날 수 있을 것이다. 그리고 언젠가 이 책을 읽어 주신 독자님들과 직접 이야기를 나누는 북 콘서트를 열 수 있다면, 그 자리에서 나보다 훨씬 깊고 넓은 지혜를 가진 독자님들과 함께 담론을 펼쳐 보기를 조용히 소망해 본다.